Wave

Sonali Deraniyagala

波

ソナーリ・デラニヤガラ

佐藤澄子 訳

アレクサンドラとクリスチアーナに

WAVE
by
Sonali Deraniyagala

Japanese translation published by arrangement with
Sonali Deraniyagala c/o Trident Media Group, LLC
through The English Agency (Japan) Ltd.

Photograph © DavidMSchrader/Getty Images
Design by Shinchosha Book Design Division

波

1

二〇〇四年十二月二十六日、ヤーラ、スリランカ

はじめは何とも思わなかった。海がいつもより少しホテルに近いように見えた。それだけだった。白い泡のような波が、砂の縁まで上がってきていた。そこから先、ビーチは急に海の方へと傾斜している。その砂の帯まで水が来るのを見ることはなかった。私に注意を促したのは、友人のオルランタだった。その少し前に、彼女は私たちの部屋をノックして、出発の用意はできているかと聞きに来た。ほとんどできていた。スティーブはシャワーを浴びているか、たぶん何か読みながらトイレにすわっていた。ふたりの息子たちは裏のベランダで、自分たちがもらったクリスマスプレゼントのまわりをぶんぶん飛び回っていた。

ここはヤーラという、スリランカの南東の海岸沿いにある国立公園だ。ここにはシロハラウミ

ワシがたくさんいた。ヴィクラムにとって最も偉大な鳥だ。ヴィクラムは、もうすぐ八歳になる子供にしては、鳥のことを山ほど知っていた。このヤーラのホテルの縁にある潟の近くにツミワシのつがいが巣を作っていて、彼はそれをひと目見たくて、潟の端の岩に何時間も座って待った。鳥たちは必ず現れ、期待を裏切ることはなかった。歯が抜けたときには必ず歯の妖精がやってくるのと同じように。

私たちはここで、私の両親といっしょに四日間を過ごした。あと一週間足らずで、スティーブと息子たちと私は、飛行機でロンドンに帰ることになっていた。コロンボからヤーラまでは車できていた。出発したのはマッリのバイオリンのコンサートが終わった次の朝だ。マッリはバイオリンに打ち込んでいたわけではなくて、ステージに上がるということが大好きだった。彼はステージに立ち、隣りの小さい女の子を真似て、説得力のある正確さで弓を振った。「ママ、あいつやってるふりしてるよ、やってるふりだよ」とヴィクはあの晩のコンサートで私に囁き、五歳の弟のふてぶてしい神経に感心していた。

スリランカに来ているときは、友人のオルランタがマッリにバイオリンのレッスンをしてくれた。彼女はロサンゼルスでの暮らしをいったん休んで、数年間コロンボで教えていた。彼女の子供オーケストラはとても頑張っていた。ストリングス・バイ・ザ・シーという名前のオーケストラだ。

いまオルランタと私は、ホテルの部屋の入り口でおしゃべりしていた。私たちは同じ時にヤーラに来ようと計画したわけではなく、彼女の方はアメリカから休暇で来ている両親といっしょだった。息子たちがふざけているのを眺めながら、彼女は、そろそろ自分も家族を持ちたいと話した。「あなたたちが持ってるものは夢のようよ」と彼女は言った。

彼女が波を見たのはそのときだった。「たいへん、海が入ってくる」そう彼女は言った。私はうしろを振り返った。そんなにすごいことには見えなかった。警戒するべきことにも。大きな波の白い波頭が見えるだけだった。

でもいつもは部屋から波が砕けるところは見えなかった。海が目につくこともほとんどないくらいだった。長い砂浜が水に向かって急な傾斜をつくる先に、わずかな青い輝きが見えるだけだった。いま、波の泡がその傾斜を上ってきて、部屋と水際との中間くらいにある背の高い針葉樹に近づいていた。棘のある貧弱な低木が目立つここの風景には不釣り合いな高さの木だ。これは変だった。私はバスルームのスティーブを呼んだ。「出てきて、スティーブ。ちょっと変だから見てほしいの」これを見逃さないでほしい。泡が消えてしまう前に急いで出てきてほしかった。「すぐ行くよ」とスティーブはぶつぶつ言い、急いで飛び出してくる気はないようだった。

それから、白い泡がもっと増えた。そして、もっと。ヴィクは裏のドアの脇に座って『ホビットの冒険』の最初のページを読んでいた。私はドアを閉めるように言った。パネルが四つあるガラスのドアで、彼はそれをひとつずつ閉めて、部屋を横切って私の横に来た。何も言わず、何が起きているのかも聞かなかった。

泡が波に変わった。ビーチの端が隆起したところを波が飛び越えてきていた。これはふつうじゃない。海がこんなに中まで入って来たことはなかった。波が引かないし、砕けない。もっと近づいた。茶色で灰色。茶色なのか灰色なのか。波が針葉樹をすごい速さで通り越して私たちの部屋に近づいてくる。波が突撃してくる、突進してくる。突然、猛烈に。突然、脅威となって。

「スティーブ、出てきて。いますぐ」

スティーブはサロン（腰布の一種）を結びながらバスルームから飛び出してきた。彼は外を見た。私たちは無言だった。

私はヴィクとマッリを摑み、全員で表のドアから飛び出した。私はスティーブの前にいた。息子たちふたりの手を握っていた。「ひとり渡せ。ひとり渡せ」スティーブが叫んで、私の方に手を伸ばした。私は渡さなかった。そうしていたら遅くなってしまう。時間がない。早くしないと。それがわかっていた。でも何から逃げているのかはわかっていなかった。

私は両親のところに寄らなかった。両親の部屋をノックするために立ち止まらなかった。ふたりの部屋は、私たちが走り出た部屋の右隣りだった。危険を知らせるために叫ぶことをしなかった。ドアをどんどん叩いて、出てくるように呼びはしなかった。前を走り抜けるときに、何分の一秒か、そうするべきか考えた。でも止まることができなかった。遅くなってしまう。走り続けなければ。息子たちの手をきつく握った。ここから出なければ。

私たちはホテルの正面の私道に向かって逃げた。息子たちは私と同じ速さで走った。つまずいたり転んだりしなかった。裸足だったのに、小石や棘が痛いからといってスピードを落としたりしなかった。ふたりは一言もしゃべらなかった。でも私たちの足音は大きかった。足が地面を打ちつける音が聞こえた。

私たちの先を、ジープが速いスピードで走っていた。そして停まった。うしろと横が開いていて、茶色いキャンバス地の幌がついたサファリジープだ。ジープは私たちを待っていた。私たちは走り寄った。私は後部にヴィクラムを投げ入れ、彼は緑色の波形をした金属の床に顔から落ちた。スティーブが飛び乗って彼を拾い上げた。みんな乗った。スティーブは膝の上にヴィクを乗せ、私はその反対側に、膝にマッリを乗せて座った。男がジープを運転していた。知らない男だった。

そのときあたりを見回すと、いつもとちがうことは何もなかった。泡立つ水はなく、ホテルがあるだけだった。すべてがあるべき姿をしていた。たくさん並んだ客室、陶器のタイルを貼った天井、テラコッタの広い廊下、オレンジがかった茶色の砂利が埃っぽい私道、両側には野生のサボテンがびっしり生えている。みんなある。波は引いていったにちがいない、と私は思った。

オルランタが私たちと走っているのは見なかったけれど、きっと走ったんだろう。彼女もジープに乗っていた。彼女の両親は私たちと同時に部屋から駆け出してきていて、お父さんのアントンも乗っていた。オルランタのお母さんのビウラがジープに乗ろうと体を持ち上げているときに、運転手がエンジンを掛け直した。ジープはがくんと前進し、彼女は摑んだ手を離してしまって転げ落ちた。運転手にはそれが見えなかった。私は停まるように言い、彼女が落ちたと叫び続けた。でも彼は停まらなかった。ビウラは道に倒れて、私たちが行ってしまうのを見上げていた。彼女は困惑から半分微笑んでいるように見えた。

アントンは車のうしろからビウラに手を伸ばして引きずり上げようとした。それができないと、飛び降りた。いまやふたりとも砂利に倒れていたが、私は運転手に停まって待つようにとは叫ばなかった。彼は猛スピードで車を走らせていた。彼は正しい、と私は思った。進み続けなければならない。もうすぐホテルから離れられるだろう。

私たちは私の両親の部屋を置いて立ち去ろうとしていた。そこで私はパニックになった。もし私が駆け出しながら両親の部屋に向かって叫んでいたら、いっしょに走ることができたはずだ。「アアッチとスィーヤを連れてこなかったわ」とスティーブに向かって叫んだ。それを聞いてヴィクラムが泣き出した。スティーブは彼をしっかり胸に抱き寄せた。「アアッチとスィーヤはだいじょうぶだ。あとから来るよ、きっと来る」とスティーブが言った。ヴィクは泣きやんでスティーブにくっついた。

私はスティーブの言葉に感謝して、安心した。スティーブは正しい。いまもう波はない。ママとパパは部屋から歩いて出てくる。私たちが先にここから逃げて、あとからふたりも合流する。父がホテルから歩いて出てくるイメージが浮かんだ。一面に水たまりがあって、父はズボンをまくりあげている。電話を見つけたらすぐにママの携帯に電話しよう、と考えた。

私たちはホテルの私道が終わるところに近づいていた。もう少しで左に曲がって、潟の脇を走る土の道に入ろうとしていた。スティーブは私たちの前の道をにらんでいた。彼はずっとジープの床にかかとを打ち付けていた。急げ、早く進め。

次の瞬間、ジープは水中にあった。突然、こんなにたくさんの水がジープの中に入っていた。

水が私たちの膝の上にばしゃばしゃとかかった。この水はどこから来たんだろう？　あの波が追いついてくるところは見なかった。この水は土の中から噴き出してきたにちがいない。いったい何が起きている？　ジープはゆっくりと前に進んだ。エンジンが懸命に唸っている音が聞こえた。私たちはこの水の中を走り抜けられる、と私は思った。

私たちは左へ右へと傾いていた。水が上がってきて、ジープをいっぱいにした。胸まで上がってきた。スティーブと私は息子たちをできるだけ高く持ち上げた。スティーブはヴィクを持ち、私はマルを。ふたりの顔は水の上、頭はジープのキャンバス地の幌に押しつけられ、私たちの手はふたりの脇の下をきつく支えていた。ジープが揺れた。ジープは浮かんでいて、車輪はすでに地面を捉えていなかった。私たちはシートの上でバランスを取ろうとした。誰も何も言わなかった。誰ひとり音を発しなかった。

そのときスティーブの顔が見えた。それまで見たことがない顔だった。突然の恐怖に、目を見開き、口をぽかんと開けている。彼は私のうしろに、私には見えない何かを見たのだ。私には振り向いて見る時間がなかった。

なぜなら、ひっくりかえったから。ジープがひっくりかえった。私の側に。

痛み。それしか感じられなかった。ここはどこ？　何かが私の胸を押しつぶしていた。ジープの下に挟まってしまっているんだと思った。ジープにつぶされているんだ。私は体をくねらせてここから出たいと思い、その何かを向こうに押しやろうとした。でもその、何だかわからないけれど私の上にあるものは重すぎた。胸の痛みはおさまる気配がなかった。

私は何かの下に挟まっているのではなかった。動いていた。いま、それがわかった。私の体は丸まっていて、くるくると速く回転していた。

私は水の中にいるのだろうか？　水のようには感じられなかったけれど、きっとそうなんだ、と考えた。私は引きずられ、体は前へ後ろへと振られていた。自分を止めることができなかった。ときどき目が開いても水は見えなかった。くすんでいて灰色。それしかわからない。それから、胸。大きな石で殴られているように痛かった。

これは夢だ。あの、どこまでも落ちて落ちて、それから目が覚める夢。絶対そうだと思った。自分をつねった。何度も何度も。ズボンを通して、太腿をつまんでいる感触があった。でも目は覚めなかった。水が、経験したことのないスピードで私をひっぱり、抵抗できない力で私を前に押し出していた。私は木の枝や藪につっこまれ、そこここで肘や膝が何か硬いものにぶつかった。

これが夢じゃないなら、私は死んだ。それ以外に考えられない。このひどい痛み。あのジープがひっくり返って、今度は何かが私を殺そうとしている。でもどうしていま死んだろう？　私はたったいまホテルの部屋にいた。たったいま息子たちといっしょにいた。息子たち。私の脳は、自らを揺さぶって、集中しようとした。ヴィクとマッリ。死ねないじゃないか。彼らのために、生きていなければ。

それでも、胸を圧迫しているこの何かは、獰猛すぎた。とにかく終わってほしかった。もし死ぬのなら、お願いだから早くしてほしい。

でも死にたくない、私たちの人生はいまとてもいいところだ、と私は考えた。終わってほしくない。まだやることがある。まだまだたくさん。それなのにこの未知のカオスに降伏しなければならない。私にはそれがわかった。私は死ぬ。私を支配しているこの何かに対して私は無力だ。できることはもうない。終わっている。私は諦めた。でも水の中をくるくると進みながら、人生が終わることを残念だと思った。

こんなことが起きているわけがない。たったいままで私はドアのところに立っていて、オルランタと話していた。彼女、なんて言ってたっけ？　夢？　あなたたちが持ってるものは夢のようよ。そう言ったんだった。その言葉がいま蘇ってきて、私は彼女がそう言ったことを恨んだ。

突然、茶色い水が見えた。もうくすんだ灰色ではなく、大きく波打つ茶色の水が、ずっと先まで、見渡す限り。頭が水の上に出ていた。それでもまだすごいスピードで流され続けていた。摑まることができるものは何もなかった。私はあちこちに飛ばされた。私の周りを木がくるくる流れていく。いったい、どうなっているのか？　私はヴィクと部屋にいた。彼はクリケットのイングランド代表チームの新しいシャツを着たがっている。私たちはもうすぐ車でコロンボに帰る。私はシャツをベッドの上に出しておいた。これは夢にちがいない、と考えた。塩の味がした。水が顔を打ち、鼻に入り、脳を焦がした。かなり長いあいだ、胸の痛みが止まっていることに気づかなかった。

私は仰向けに浮かんでいた。青い、雲のない空。コウノトリの群れが私の上を、隊列を組み、首を伸ばして飛んでいた。鳥たちは、水が私を運んでいるのと同じ方向に飛んでいた。インドトキコウだ、と思った。ヤーラの空を飛ぶインドトキコウの群れ。何千回も見たことがある。あまりに見慣れたその光景が、私を狂った水の中から引き出した。ヴィクとふたりでコウノトリを見ていて、プテロダクティルみたいな飛び方についていっしょに笑っている。少しのあいだ、私はそこにいた。

ヴィクとマッリ、と私はまた考えた。ここで、この何だかわからないものの中では死ねない。私の息子たち。

子供がひとり、私の方に流されてきた。男の子だ。頭を水の上に出して叫んでいた。パパ、パパ。何かに摑まっていた。壊れた車のシートに見えた。中に黄色いスポンジかゴムが詰まっている。子供はその上に横になっていて、ボディボードをしているようだった。遠くからはその子がマッリに見えた。私はそこまで行こうとした。水が顔に叩きつけ、私を押し戻したが、なんとか男の子に近づくことができた。ママの所においで、と声を出して言った。そのときその子の顔が近くで見えた。マルじゃなかった。次の瞬間私は横に振られて、男の子はいなくなってしまった。

私は急流を落ちていっていた。水が垂直に落下していた。男がいて、激流の中であちこちに投げ出されていた。水が流れ下っていく方向を向いている。黒いTシャツで、他には何も着ていない。あれはスティーブだろうか、と思った。スティーブかもしれない。サロンが解けてしまったのかもしれない。はじめは落ち着いてそう考え、それからパニックになった。スティーブじゃない。彼じゃありませんように。

水の上に覆い被さっている枝があった。私は仰向けに浮かび、そっちに向かっていた。あれを摑まなければ、と自分に言い聞かせた。何とかして摑まなければ。すごいスピードでその下を通って行くのがわかっていたから、あれを摑むにはとにかく間に合うように腕を上げなければならない。水が顔に打ち付けたが、枝から目を離さないようにした。そして枝の下に来て、手を伸ばした。通り過ぎてしまいそうになった。私は腕をうしろに少し伸ばしてしっかり握り、摑まった。

足が地面についていた。

目の焦点が合わない。でもそのとき、ひっくり返った木がそこらじゅうに見えた。木が根っこを上に突き出して地面に倒れているのがわかった。これは何、沼？　私は広大な沼地にいた。ずっと先まですべてのものがひとつの色、茶色だった。ここはヤーラのようには見えなかった。ヤーラは地面が乾いてひび割れ、緑の藪に覆われている。この解体された世界は何？　この世の終わり？

私の体は二つに折れ曲がり、まっすぐにすることができなかった。膝を押さえ、激しく息を切らし、むせていた。口に砂が入っていた。私は嘔吐し、血を吐いた。何度も唾を吐き続けた。塩がすごい。体がとても重く感じた。ズボンが重くて沈みそうだと思った。ズボンを脱いだ。あの波はどうしたんだろう？　あたりには動かない水たまりがあるが、波はない。これは湖、それとも潟？

しっかり立つことができなかった。足が泥に沈んだ。私は見慣れない風景を見つめ、夢を見ているのだろうかと考え続けようとしながら、そうではないことを恐れ、ほとんどわかっていた。そのとき初めて、みんながどうしたのか考えた。死んだのだろうか？　きっとそうだ。きっと死んだんだ。みんながいなかったら私はどうしたらいいんだろう、と考えた。まだ息を切らし、唾を吐きながら。私はバランスが取れずに、泥の中で滑っていた。

声が聞こえた。はじめは遠くに、そして近くで。何人かの男たちが、シンハラ語で叫び合っていた。彼らには私が見えず、私も彼らが見えなかった。「ムフダ　ゴダ　ガハラ。マハソナ　アヴィッラ」とひとりが言った。海が氾濫した。マハソナが来た。マハソナ。その単語は知っているけれど、何を言っているんだろう。その単語を最後に聞いたのは子供のとき、婆やが鬼や悪魔の話をしてくれたときだ。マハソナは墓場の悪魔だ。完全に困惑していても、理解することができた。何かひどいことが起こり、そこらじゅうに死がある。それが男が叫んでいることだった。

その声がまた叫んだ。「誰かいるか。もう出てきていいぞ。水はもうない。助けに来たぞ」私は身動きせず、音も立てなかった。疲れすぎて声が出なかった。そのとき子供の声がした。「助けて。助けて。流されちゃったんだ」男たちが子供を見つけようとして近づいてくるのが聞こえた。私は黙ったままだった。体を曲げ、膝を押さえていた。

男たちが私を見つけ、駆け寄ってきた。話しかけてきても、返事はしなかった。いっしょに来なさい、急がないといけない、また波が来るかもしれない、と彼らは言った。私は首を振って断り続けた。疲れすぎていた。それに息子たちがいないのに、どうやってここから離れられる？もしも生きていたら？　この近くにいるかもしれない。置いていくわけにはいかない。でもそれを声に出すことができなかった。男たちに捜してほしいと言えなかった。ジープから水に投げ出されたことを言えなかった。口にすれば、それはあまりに現実になってしまう。

男たちは焦っていた。私をここに置いていくわけにはいかないと、彼ら同士で話している。「でもこの状態では連れて行けない」と、ひとりが言った。「ズボンをはいてないじゃないか」何ですって？　と私は思った。彼はシャツを脱いで私の腰に巻きつけた。彼らは私を引っぱって連れて行った。体が重く、足は泥の中を引きずられていた。膝まである深いどろどろ。私は何度か転び、男たちに引き上げられた。

藪の下に横たわっている男が見えた。腰巻しか身につけていない。男のひとりが近づいていった。戻ってきて、死んでいる、と言った。男が口にした名前を、私は知っていた。ホテルの脇のビーチで小さな小屋に住んでいる漁師だ。スティーブと私は彼に話しかけることがあった。彼は息子たちにホラ貝を売ろうとした。息子たちは貝を耳に押しつけて海の音を聞いた。いまは砂の中で動かなくなった男から、私は目を背けた。死んだ人間を見たくなかった。

彼らは私をバンに連れて行き、短い距離を走った。バンが停まったとき、そこがどこだかわかった。国立公園の入り口の入場券売り場だ。この建物はよく知っていた。ここには子供のときから何百回も来ていた。ここで切符を買い、公園を案内してくれるレンジャーをピックアップするのだ。ヴィクとマッリはときどきこの建物の中にある小さな博物館に入った。入り口には巨大なゾウの牙が一対（いっつい）あった。

いまその建物はいつもと変わりなく見えた。無傷だ。水の気配もなく、水たまりや、根っこから引き抜かれた木もない。顔に当たる乾いたそよ風は、ふつうの風だ。

男たちは私をバンから担ぎ出し、中に連れて行った。私はそこで働いている何人かを見分けることができた。動き回りながら、私を見つめ、心配そうにしている。私は背を向けた。こんなふうに震えてびしょ濡れのところを見られたくなかった。

私は博物館のコンクリートのベンチに座った。緑のペンキが剝がれた壁が床から半分の高さまであり、太い木の柱が天井を支えている。膝を胸に抱え込んで外のパルの木々を見つめた。いま起こったこと、あの水、現実なの？　私のくちゃくちゃになった頭ではわからなかった。そして私は非現実の中に、無知の中にいたかった。だから誰とも話さず、何も尋ねなかった。電話が鳴った。誰もとらなかったので、いつまでもいつまでも鳴っていた。うるさくて、鳴り止んでほしかった。私は朦朧とした状態の中に留まって、じっと木々を見つめていたかった。

でも、もしみんなが生き延びていたら、と考えずにはいられなかった。スティーブが息子たちとここに来るかもしれない。もしかしたら誰かがみんな揃って見つけたかもしれない。私を見つけたのと同じように。もしここに連れて来られたら、息子たちはスティーブにしがみついているだろう。パパ、パパ。シャツは破けてしまっていて、寒いだろう。ヴィクは泳ぎに行くといつもがたがた震えていた。プールの水がヴィクにはちょっと冷たかった。

白いトラックが近づいて来て停まった。若い女の子が運び出されてきた。顔に痣（あざ）があり、小枝や葉っぱが髪や服にひっかかっていた。この女の子は見たことがある。ホテルの隣りの部屋に両親といっしょにいた子だ。ヴィクとマッリも、もしいまここに連れて来られたら、この子みたいに濡れて、怖がっているだろう。ふたりの髪にも葉っぱがひっかかっているだろうか？　ふたりともロンドンを出る前に散髪していた。散髪。散髪ということを考え続けることが難しかった。

　私と同じベンチに座っている男の子がいた。十二歳くらいか、もうちょっと上だろうか。私が見つけられる直前に助けを呼んだ子だ。私といっしょのバンでここに連れて来られていた。いまその男の子は、しゃべることを止めようとしないで、ずっと叫んでいる。両親はどこなの。ここにいてほしい。ホテルでいっしょに朝食を食べてた。波が見えた。みんな走った。流された。男の子はこれを何度も何度も繰り返したが、私は無視した。私は彼の存在を認めず、言っていることに何の反応もしなかった。

　男の子は今度は泣き出した。両親は死んだの？　と尋ねている。半ズボンだけをはいて、体を震わせ、歯をカタカタ鳴らし、沼ワニやパイソンの骨を展示しているガラスのキャビネットの周りを歩き続けていた。そこにはハタオリドリの巣もあって、ヴィクはいつもそれに惹かれていた。

「ほんとうの家みたいだよ、マッリ。部屋が分かれてるのが見える？」

　男の子は行ったり来たりしながら泣き続けた。やめてほしかった。誰かが大きなタオルを持ってきて彼の肩を包んだ。それでもその子はすすり泣いていた。でも私は話しかけなかった。慰めようとしなかった。ぐずぐず泣くのはやめなさい、うるさい、と私は思った。あんたが生き延びたのは太ってるからよ。だから死ななかったのよ。あの水の中で生きていられたのはあんたがそんなに太ってるからよ。ヴィクとマッリは無理だったのよ。黙りなさい。

私はジープで病院に連れて行かれた。運転している男はとても興奮していた。自分の家族がどこにいるかわからない、病院へ行って捜すのだという。彼ら家族は私たちと同じホテルに滞在していた。でも彼は朝早くサファリへ行った。ひとりで行った。波が襲ってきたとき、彼はホテルにいなかった。そのことを何度も何度も私に話した。声が大きすぎた。私は前の座席で、彼の隣りに座っていた。そして一言も話さなかった。寒気がして、震えていた。私はジープの外を見つめた。私たちが走っている道路は深い森に縁取られていた。その道を走っているのは私たちの車だけだった。

ジープのうしろにもうひとり男が座っていた。見覚えがあった。私たちのホテルのウエイターだ。彼は手に持った携帯電話を、ずっとあちこちに振り回していた。ジープから手を差し出して、電話を高く掲げた。かと思うと、シートの端から端へと跳び移った。電波を受信しようとしている、と彼は言った。その動きが、私には我慢できなかった。男が動くたびにどすんという揺れを感じた。どうしてじっと座っていられないの、と考え続けた。彼の電話をジープの外へ放り投げたかった。

もう病院にいるかもしれない。スティーブと息子たち。ママとパパさえも。見つかって連れて来られているかもしれない。私はそう考え続けて、それからその思いを抑えた。期待するのはやめなければ。彼らが見つからないという状況に備えなければならない。でも、もし、病院にいたら、私のことを心配しているだろう。ジープがもっとスピードを上げてくれないかと思った。

病院に着くと、走り出てきたのはオルランタの父親のアントンだった。シャツはなく、ズボンは破けていて、足の指から血が出ていた。彼はジープを覗き込んで、けげんそうな顔をした。どうしてオルランタといっしょじゃないんだ？　スティーブと男の子たちはどこだ？　彼は尋ねた。このジープが、彼を地面に倒れたままにして走り去ったのと同じ車だと思ったのだ。私は、そうじゃない、他のみんながどこにいるかわからない、と言った。みんなが病院にいると期待していたことは言わなかった。いないことが、いまやはっきりしていた。

私は待合室まで自分を引きずって行った。足がぼろぼろな感じで、安定しなかった。足首に深い傷があることに気がついた。血が出ている。両足の裏にも切り傷があった。何が起きたんだろう？　私の頭は何も整理できなかった。

周りじゅうで人々が話をしていた。私は誰とも話したくなかったので、そっちを見なかった。待合室は狭かったが、人々の声は遠くに聞こえて、どんどん小さくなって消えていくようだった。誰かが私の肩を叩いた。あれは高波だった。高波が来たんだ。男が言った。私は頷いた。私はそのことをずっとわかっていたかのように、何気なく振る舞おうとした。でも高波は現実のものだ。私は動転した。そして壁際の角にあった木のベンチに、病院の入り口を向いて座った。

彼らはまだこれから来るかもしれない。スリランカには高波なんて来ない。この人たちは自分が何を言ってるのかわかっていない。スティーブがヴィクとマッリといっしょに入ってくるイメージが何度も頭に浮かんだ。三人とも上半身裸で、スティーブがふたりを、片腕にひとりずつ抱えている。でも生き延びられたはずがない、絶対無理だ、と私は自分を牽制し続けた。それでも、絶望しながら、声にせずに、呟いた。もしかして、もしかしたら、ほんの少し可能性があるかもしれない。

時折、バンかトラックが病院の門を抜けて入ってきた。すべての動きがとても速い。ドアがバタンと閉じられ、叫び声が上がり、トラックからよろめきながら降りてくる人があり、その他の人は抱えられ、看護師や医者が駆け出してきてストレッチャーや車椅子をかちゃかちゃさせてスロープを下る。女が連れ込まれて私のベンチの前に置いておかれた。もつれた長い髪が、顔の前に広がっていた。ぶつぶつ何か言っていたが、意味をなしていなかった。裸だったのでシーツをかけられていたが、そこから足が飛び出していて、その足は泥で固まっていた。私は彼女から目を離すことができなかった。髪にあんなにからまっているどろどろしたものは海藻だろうか、と思った。

アントンも待合室にいた。トラックが入ってきて停まるたびに、彼は期待するような様子を見せた。外に走り出て、自分の家族か、私の家族が運ばれて来ていないか、見に行った。私は全く動かなかった。アントンのように、すぐにがっかりしたくなかった。毎回彼は頭を振りながら、すぐに中へ戻ってきた。ときどき子供が連れて来られた。他の子供で、ヴィクとマルではなかった。私は空っぽのトラックが走り去っていくのを一台一台見つめた。生きているはずがない。あれにも乗っていなかった。

足首の深い切り傷が痛かった。看護師が、中に入って消毒と手当をしてもらうように言った。

私は無視した。消えろ、ほっといてくれ、と思った。この引っかき傷がなんだというの？　なんだかわからない、こんな凄まじいことが起きたというのに。アントンは歩き回って医者や看護師たちと話し続けていた。アントンの足の指にできた切り傷には包帯が巻かれた。彼は私に向かって病院のスタッフを褒め続けた。この貧弱な施設で、混乱に実によく対応している。自分にはわかる。自分も医者だったから。とてもいい仕事をしているのがわかる。私がそんなことに興味があるとでも思うのか。

　ベンチが混んできた。蒸し蒸しして、暑かった。でも私はしっかり座っていなければならなかった。外へは行けない。動いたら、席をとられてしまう。私はこの、自分の角にいたかった。ここでは壁にもたれることができた。

　私はまだ濡れていた。いま無視したばかりの看護師が、上着を替えるようにと、私にTシャツを持ってきた。私は着替えたかったが、どこで着替えればいいのかわからなかった。あそこのトイレには入らない。きっとすごく臭い。考えるだけで吐き気がした。だからびしょびしょの青いシャツを座っているその場で脱いで、ベンチと壁のあいだに落とした。そして乾いたTシャツを着た。それは紫色で、表に、にこにこ笑っている黄色いテディベアがついていた。

　待合室を通り過ぎていく人の何人かが私に気づいた。公園で私たちをよく見かけていたジープのドライバーや、ホテルのウエイターが数人いた。彼らは心配そうな顔で私のところに来て、家族はどこか、子供たちはどこか、まだ会えていないのかと聞いた。私は肩をすくめて首を振った。放っておいてほしかった。誰かが近づいてくるたびに、スティーブか子供たちか両親が死んだと告げられるのではないかと怯えた。

　私たちのホテルのマッサージ師が、私が座っているベンチの前を通りかかった。私は前の日に、クリスマスの素敵な楽しみとして、彼にマッサージをしてもらっていた。暑い午後で、外のベランダでマッサージを受けた。海から乾いた風が吹きこんでいた。横ではヴィクがクリケットのボールを、昼寝をしているスティーブの代役を務める椅子に向かって投げていた。マッリは、ピカピカ光るライトがついたサンタの帽子をかぶって、スプライトをすすっていた。スティーブが、マッリを感激させようとノース・フィンチリーのタリホー・ディスカウントストアで買ってきた、あの趣味の悪い帽子。私はこんなことを思い浮かべ、そして急いでそれを締め出した。いま昨日のことは考えられない。この狂気の中で、もし彼らが死んでいるとしたら、無理だ。いまいましいタリホー・ディスカウント。あの店はずっと嫌いだった。

　そしてマッサージ師を見て、いらっとした。彼は怪我をしていない様子で、濡れているようにすら見えなかった。どうやって助かったんだろう？　と考えた。ヴィクとマッリはたぶん助かっていないのに、どうして彼が？　ホテルの誰かに気づくたびに、私はそう考えた。どうして彼らは生きているんだろう。彼らもあの波にやられたはずなのに。彼らこそが死んでいないのはどうして？

　メッティが病院に姿を現したとき、彼に会えたことに感謝した。そして少しだけ安心できた。メッティはジープのドライバーで、いつも私たちを乗せて公園へサファリに行ってくれた。私たちは長いこと彼を知っていた。前の晩、私たちをホテルまで連れ帰ってくれたとき、私たちは彼にさよならを言った。その日のサファリは取り立てて何もなく、夕暮れにクマがちらっと見えただけだった。私たちは彼に、八月にまた会いましょう、明日帰るから、と言った。私はヴィクに、八月はそんなに先じゃないよ、と言った。ヴィクはいつも早く戻って来たがった。メッティは誰かから、私が病院にひとりでいることを聞いて、ここに来ていた。彼は私と並んでベンチに座った。質問をして煩わせたりはしなかった。私はいま何時かと聞いた。お昼ごろだった。

しばらくするとバンやトラックが門から入ってこなくなった。待合室は静かになり、人がいなくなった。私はこの静かさが我慢できなかった。走り回ったり叫んだり話したりがあったほうがましだった。少なくとも何かが起こっていたから。私は何も起きていないことにいらつき始め、メッティにヤーラに連れて帰ってくれないかと頼んだ。彼は同意した。みんなが私を待っているかもしれないから戻ったほうがいい、と私は自分に言い聞かせた。みんなはいない。いないだろう。それはわかっている。でもやっぱり確認しに行こう。

私は裸足でメッティのジープまで歩いた。外の砂利は焼けて熱く、足の裏の傷が刺すように痛かった。私たちはティッサの町を走り抜けた。店はすべて閉まっていたが、道は人で溢れていた。拡声器から差し迫った声が流れていた。人々は荷台をつけたトラクターに積み重なるように乗り込み、いろいろな方向に急いでいた。メッティのジープはヤーラへの二十五キロほどをのろのろと進んだ。公園の入り口に繋がる道へと曲がったとき、私にはそこがわからなかった。この道はいつもは低木のジャングルを通りぬける。いま両側には果てしない沼地があった。

入場券売り場には誰も待っていないことが、近づいていくとわかった。公園のレンジャーがひとり、私たちのジープに近づいてきた。生きて見つかった人はみんな病院に連れて行かれた、と彼は言った。でもホテルの近くに遺体がある。確認したければそこへ行けばいい。メッティは私を見た。その目は自分がやろうと伝えていた。でも彼にそんなことは絶対にさせられなかった。もしみんなが死んでいることがわかったらどうすればいい？　私たちは病院に引き返すことにした。午後遅くなってきていて、希望が消えていくのを感じた。

病院に戻る途中、ティッサの警察署に立ち寄り、使える電話があるかどうか聞いてみることになった。電話は朝からすべてつながらなくなっていた。コロンボにいる誰かに電話したらどうかと思いついたのはメッティだったが、私はかけたくなかった。何が起きたか誰かに話すのは無理だった。メッティが中に入っていくあいだ、私は警察署の前庭でジープから出なかった。

少し涼しくなっていた。警察署を取り巻く田んぼに落ちている長い影から、五時くらいだというとがわかった。五時。ヴィクがスティーブとクリケットをする時間だ、と思った。ヴィクがボールを弾ませている音が聞こえる。いつものように思い切り強く地面に投げつけて、難しい捕球をする練習をしている。ボールが手に落ちてくるのを待つあいだ、いつも彼は目を細めてにこしていた。そう考えながらも私はヴィクの顔に焦点を合わせることができず、彼の顔はぼやけて見えた。病院に座って彼らが入ってくるのを期待していたときにははっきり見えたのに、いまは見えなかった。メッティが戻ってきて、警察にも使える電話がないと言った。それはよかった、と思った。

私たちが戻ると、病院の外に停まっている救急車の中に子供が座っていた。医者が叫んでいた。誰かこの子を知らないか。ここにいる誰かの子供じゃないか？　医者はその子を、離れたところにある別の病院に送りたがっていた。私はよろよろと救急車に近づいた。うしろの扉が開いていて、中を覗き込んだ。これは女の子？　男の子？　よくわからなかった。この子はマッリより年上？　年下？　わからなかった。これはマッリ？　はっきりとはわからなかった。もしかしたらそうかもしれない。たぶんちがう。救急車の周りに人が集まってきた。そして私を静かに見つめた。これが自分の息子かどうか判断しようとしている私を、見ている。私は子供の足を触った。これはマルの感触？　わからなかった。もしかしたらマルかもしれない。そしてその子は連れて行かれようとしていた。それから思い出した。マッリには、左腿の外側の真ん中くらいに、生まれつきこげ茶の痣があった。生まれつき点（バーススポット）、と彼は呼んでいた。「ママ、ママにも生まれつき点、ある？」と聞いてきた。いま彼の声が聞こえる。「あ、お尻にある！　うわっ、パパ、マミーの生まれつき点はお尻にあるよ！」「お尻にじゃないわよ、マル、お尻の近くよ。背中にあるのよ」私は子供の左腿を見た。そこには丸い茶色の印はなかった。念のため、右腿も見た。そして待合室に戻り、壁際にあるベンチの隅の、自分の場所に座った。

　部屋がまたいっぱいになった。抱き合って泣いている人や、柱にぐったりともたれかかっている人、頭を抱えて床にうずくまっている人がいた。隣りの人が私に体を押し付けてきた。さっきよりたくさんの人がベンチにぎゅっとつめて座っていた。あたりには汗の臭いがむんむんしていた。私は壁の方を向いて臭いから逃れようとした。外が暗かった。いつ暗くなったのだろう？体が震えた。日が落ちていた。

朝と同じ看護師が私を見つけて近づいてきた。彼女は私の頭を撫で、私の子供たちが見つかっていないのを知っていると言った。私は体を硬くした。彼女が私のために悲しそうな顔をするのを見たくなかった。私は泣きだしそうで、それはいやだった。今日いちにち、一滴も涙を流していなかったし、流すつもりもなかった。こんなにたくさんの人の中では泣かない。いまは泣かない。

トラックが来て停まった。ヘッドライトが病院の前庭を横切った。遅くなってもまた生存者が見つかって、連れてきているんだ。一瞬私はそう考えた。そのとき、堰を切った。叫び声が。瞬く間にその部屋のすべての人がうねるように入り口へ向かった。一斉にわめきながら、お互いを押し合い、前へと押し進み、必死の腕を前に差し出している。警官がやって来て人々を押し戻した。それでも嘆き叫ぶ声は続いた。言葉はなく、ただ終わりのない、だんだん高まる、大きな叫び声だった。そのときわかった。このトラックはいままでとはちがった。このトラックが運んできたのは遺体だった。

こんな悲鳴は聞いたことがなかった。乱れた、惨めな声が、私が摑まっている壁をガタガタ揺らし、私は怖くなった。その音は、感覚を失った私の頭にひびを入れ、侵入してきた。私の心でわずかに揺れていた小さな希望が吹き飛んだ。その音は、考えられないことが起こったのだと仏えていたが、私はそう断定されたくなかった。嘆き悲しむ知らない人々に教えられるのは嫌だった。

　私は人ごみを押しのけた。この騒音から逃げなければ、外に出なければならなかった。正面の入り口に近づくと、人々を落ち着かせようとしていた警官が叫んだ。「この遺体はみなさんの身内ではない。ホテルの観光客だけだ」それを聞いても私はたじろがなかった。外に出ることに集中した。その言葉がどうでもいいとでもいうように、群がる人々のあいだを抜けて行った。私は地面に崩れ落ちたりしなかった。めそめそしたりしなかった。ほんとうは、私が叫ぶ番だった。

　私は表門の近くで街灯の下に停めてあったメッティのジープに転がり込んだ。車の中は静かだった。私は運転席に座ってハンドルの上に頭を乗せた。遺体はホテルから来た、と警官は言った。アントンがジープの中にいる私を見つけた。彼の声がしたとき、私はまだ頭をハンドルに乗せていた。初めは彼が何を言っているのか摑めなかった。それから遺体安置所という言葉が聞こえて、たじろいだ。私に遺体安置所に行けと言っているの？　まさか。頭がおかしいんじゃない？そんなところに入って行けないことはわかっていた。ありえない。私はもしヴィクとマルがいたらどうしよう？　と考えることすらできなかった。その考えは私の頭に、形を成さずに浮かんでいたけれど。

　アントンが何を頼んでいるのかようやくわかったとき、私は驚いた。彼は、車椅子を押して遺体安置所に連れて行ってほしいと言っていた。車椅子？　彼は説明した。足の傷が痛すぎてそこまで歩けない。だから押して行ってくれないか？　頭の中がめちゃくちゃになった。私に、屍体が何列も並んでいる中を、車椅子を押して行けというの？　私はできないと言った。彼は懇願した。私は拒否し続けた。少なくともしばらくのあいだは。でも私は疲れて、弱っていた。他のどんな打開策も考えられず、私は降参した。

車椅子は重かった。それを、群衆を避けながら操らなければならなかった。私はこんなことをしなければならない状況に腹を立てていて、行く手にいる人に誰彼かまわず車椅子をぶつけた。アントンは私に指示を出し、私は彼を押して広い廊下を通り抜けながらずっと、こんなことがほんとうに起きているはずがない、ありえない、と考えていた。これは私？　古い毛布を腰に巻いて、車椅子を押して、家族全員がいるかもしれない遺体安置所に向かっているのが？　そのときアントンがひとつの部屋を指差した。私は中に入らない、私はあそこには近づかない、と思った。私は手を離し、車椅子がスロープになった廊下をその部屋に向かって転がり下りていくのを見つめた。そしてジープまで戻り着いて、暗い中で座っていた。

アントンが戻ってきた。どれくらい時間が経ったかはわからなかった。彼はジープの窓のところに立っていた。そしてオルランタを見つけた、と告げた。彼女を、彼女だけを見つけた。彼女はもうこの世にはいない、いなくなった、と彼は言った。

彼は無表情だった。私は彼の手を取った。そして、これは現実になってきた、と考えた。ゆっくり、とてもゆっくり、起こっていることの現実性が脳に染み込んできていた。そのとき、コロンボに帰らなければならないと気がついた。夜のあいだにもっとトラックが来る。もっと遺体が来る。ここから出なければならなかった。

メッティは私をコロンボまで連れて行くことに同意してくれた。彼のジープは古すぎてその旅には心もとなかったので、別の車を探さなければならなかった。彼が携帯電話の電源を入れると、その日初めて電波がつながった。彼は私に電話を渡した。私は母の携帯を鳴らした。それがまず初めにやったことだった。まだそれが鳴る可能性があると考え、母たちが電話に出るかもしれないとすら思っていた。でも返事はなかった。シンハラ語で例の録音、あなたのかけた番号は応答がありません、という声が聞こえただけだ。それからメッティは私に、叔母の家に電話したらどうかと言った。私はためらいながら従い、キーパッドをゆっくりと押した。どうやって説明する？ 何を言えばいい？ 従兄弟のクリシャンが電話に出た。接続が悪く、ひどく混線していた。私は、私だけ助かった、これから帰る、というようなことをぼそぼそ話した。電話が切れ、また電波が途切れた。

メッティは私を彼の家に連れて行った。病院のすぐ近くの静かな通りにある家だった。前庭の、大きな木のそばに井戸があった。暗闇の中で水がパシャパシャいう音が聞こえ、誰かが行水をしていた。メッティの奥さんと娘が家にいた。彼はふたりに、私の世話をするように、私をコロンボに連れて行くための車を探してくるから、と言った。

私は彼らの居間の茶色い革張りの肘掛け椅子に座った。ふたりの女たちはその隣りのソファに座った。ふたりは私に食べ物と飲み物を勧めた。私は何もほしくないと言った。彼女らは引き下がらず、とても甘いお茶を一杯持ってきた。一口すすると、美味しかった。カップを両手で持つと、その温かさが心地よかった。

彼女たちは私に、何が起きたのかと聞いた。聞かないでほしいと思っていたが、やはり聞かれた。どこで波を見たのか。そのときどこにいたのか。どんな風に見えたのか。すごい音がしたのか。どこに逃げたのか。最後に子供たちを見たのはどこか。私は返事をしなかった。私の向かい側にはテーブルがあり、その上に大きな時計があった。私は足を組んで肘掛け椅子に座り、その時計に視線を送り続けた。彼女たちが私のことで動揺して苦しんでくれているのがわかったが、私は話したくなかった。椅子の中に沈んで消えてしまいたかった。

彼女たちは私の酷い状況を嘆き始めた。こんな話を聞くのは生まれて初めてだ。全員死んでひとりだけ残るなんて。子供たちを失って、世界を失って、どうやって生きていくの？　それにあんなに美しい子供たちだったのに。もしも自分だったら静かに座ってはいられない。頭がおかしくなって、おそらく悲しみで死んでしまうだろう。女たちは嘆き悲しんだ。私は何も言わなかった。私の目は時計を見つめ続けていた。

家の玄関が開いていて、近所の人や親戚たちが入ってきた。私のことを聞かされたのだ。みんながぎょっとした顔で私を見た。子供を亡くしたのか？　夫も両親も？　訪問者の何人かは急いで出て行って、もっと人を連れて戻ってくると、このかわいそうな人を見ろ、信じられない、家族全員が亡くなったんだ、と話した。私は茶色の椅子にへたり込んでいた。みんなが話しているのは私のこと？

誰かが私の顔や腕や足の切り傷を指差した。誰もが心配し、不安そうだった。感染症になるかもしれないのに、どうして病院で傷を消毒してもらわなかったのか、と聞かれた。私は肩をすくめた。それから私が食べ物を欲しがらないことが心配された。こんなことを経験して何も食べなければ気を失うかもしれないというのだ。メッティはどこだろう？　急いでほしいと思った。時計の針が引っかかって動かなくなってるんじゃないかと思えた。

それから家の中にいる全員がいっぺんにパニックになった。もし今夜波が戻ってきたらどうする。全員死んでしまう。この暴言に火をつけたのは家の中に自転車を押しながら入ってきた年配の男だった。今夜は怖くて眠れない。もう終わりだ。もうすぐみんな巻き込まれるだろう。いつそうなってもおかしくない。バカなこと言わないで、と私は心の中で思った。海から三十キロ離れたところに住んでるのに。でも私には彼らの不安を和らげる元気はなく、口を開くことができなかった。

長い長い三時間ほどが経って、メッティがバンを調達して戻ってきた。バンのオーナーが運転して私たちをコロンボまで連れて行ってくれるということだった。真夜中近かった。ようやく時計を見るのをやめられる。最初にバンに乗り込んだとき、大きな安堵を感じた。でも車が暗闇の中を走り始めると、怖くなった。コロンボに着きたくなかった。病院の狂気から逃げたかったし、メッティの家にいる人たちから離れたかった。でもこの混乱の中に何とかしてこのままいる方法はないのだろうか？　走り続けるバンの後部座席に、いつまでも座っていたい。あと何時間かすると明るくなる。明日になる。明日になってほしくない。明日になると真実が始まることに、私は怯えきっていた。

起きがけに耳元で聞こえてきたパリパリいう音を、始めは無視していた。それからそれが何の音かわかった。ヴィクラムがポテトチップスを袋から食べている。ゆっくりした、パリ、パリ、という音。ポテトチップスを一枚アルミホイルの袋から出すカサカサいう音。そして目で味わって、口まで下げていって、口の中に入れて、もぐもぐ食べる。これを、最後の小さく砕けたチップスがなくなるまで繰り返した。それが彼のチップスの食べ方。急がず、誇張した動作で、どんなに楽しく味わっているかを見せている。彼の態度は、私が近くにいるときには一層気持ちが込められていて、いちばん好きなお菓子を毎日あてがわない私がどんなに残酷なのかを訴えていた。でもさ、ママ、他の子たちは毎日ランチの袋にポテトチップスを入れてきてるんだよ。そう、毎日だよ。それなのに僕はさ、ミューズリーのバーなんていうひどいもんを食べなきゃいけないんだ。げえ、まずい。その音は私の耳でずっと鳴り続け、私は横になったまま動けなかった。ヴィクラムの復讐だ、と私は考えた。私がずっとジャンクフードを与えなかったからだ。それから彼の姿が見えた。私のベッドの枕に座り、制服を着ている。グレーのズボンと明るい赤のセーターだ。ヘッドボードにもたれ、膝を抱えて、テスコの塩味チップスの袋を左手に持っている。グレーのスクールソックスを履いている。長くてストライプが入った、親指のところが擦り切れているやつだ。学校から帰ってきた時の格好だ。ズボンには泥のシミがあり、片方の鼻の穴からは、乾いた鼻水のあとがうっすらと見えている。枕にかけらを落とさないでよ、と私は言っただろう。汚い学校のズボンで私のベッドに座らないで。手を洗ってらっしゃい、ヴィク。

そのあとの初めの六か月、コロンボ

私は叔母の家の門の前で停まったバンから這い出した。午前三時、波が来てから初めての夜だった。私は服から粉をはたいた。途中のどこかで、バンのドライバーが車を停めてビスケットを買いに行った。私がレモンパフは嫌だと言ったので、ジンジャーナッツを買ってきた。

家には人が集まっていた。私が着くと、みんなが走り出てきた。先頭にバーラ叔父さんが見えた。私を見ると手を頭まで上げ、吠え出すのではないかというように口を開けた。私は急いで顔を背け、みんなの脇をよろよろと通り抜けて二階に上がった。シャワーを浴びなければ。髪に石が入っている。

私は従姉妹のナターシャの部屋にあるベッドに座った。そして顎まで引き上げたベッドカバーを握りしめた。親戚や友人たちが質問してきた。私はジープが水の中でひっくり返ったと言った。胸が重いもので潰れたことを説明した。ママかパパかスティーブかヴィクかマッリを見なかったの？　と彼らは尋ね続けた。水の中では？　ひとりも見えなかったの？　生き残ったはずがない、と自分が言い張っているのが聞こえた。そう言うように、そう考えるように、自分を促していた。

それがほんとうだとわかるときのために準備をしておかなければ、と考えた。

温かい飲みものを頼んだ。誰かがお茶を持ってきた。誰かが睡眠薬を飲んだらどうかと勧めた。私は薬を拒んだ。眠れるはずがある？　いま眠ったら忘れてしまう。何が起きたかを忘れるだろう。そしてすべてがうまくいっていると思いながら目を覚ましてしまう。私はスティーブのほうに手を伸ばし、息子たちを待つ。そして思い出すだろう。そんなことには耐えられない。そんなリスクは冒せない。

叔母がスティーブの両親の電話番号を尋ねた。私は狼狽した。数字は出てきたが順番をまちがえた。スティーブの家族に電話するというこのやりとりは、私を動揺させた。それは何か悪いことが起きたということで、それを認めたくなかった。その前にバスルームの鏡を覗き込んで、顔にびっくりするくらい紫色の痣があるのを見たときには、急いで目をそらした。こんな証拠は必要ない。これはあまりに現実だ。私は宙ぶらりんのまま、夢の中にいたかった。ここは夢の中ではないとわかっていても。

スティーブが生きている可能性はある。彼は息子たちを連れているだろう。電話をかけてくるだろう。彼の声は疲れているだろう。私には聞こえる。「ハロー、ソナル」と、ようやく聞こえるくらいの声だ。私はこの想像を誰にも明かさなかった。

鼻から出てきた濃い色のべたべたした鼻水は、犬の糞のような臭いがした。額はドリルで穴をあけられているようだった。次の朝、叔母が医者を呼んだ。あんまり意味がない、と私は思った。もうすぐ自殺するのだから。医者は部屋に入ってくるときにカバンを落とし、カバンが開いて、道具が床にガチャガチャと落ちた。彼はその道具を私の鼻や耳や喉に突っ込んだ。鼻腔がひどい感染症だ。あの汚い水でやられたな。医者は五種類の抗生物質をくれた。蒸気を吸入しなさい。そうすればねとねとした汚れがきれいになる。痛みが和らぐだろう。

　友人や家族の当惑した声があたりに漂っていた。インドネシア近くの海底で地震があった。プレートが動いた。過去最大の自然災害だ。ツナミ。そのときまでは私にとって、殺人者には名前がなかった。その言葉が使われるのをそのとき初めて聞いた。みんなが数字の話をしていた。十万人死んだ。二十万人。二十五万人。私は何も感じなかった。そしてベッドで縮こまっていた。あと百万人増えても私には関係ないと思った。

　津波。高波。それらの言葉には意味がなかった。何かが私たちを襲った。そのときはそれが何かわからなかったし、いまもわからなかった。こんなにわからないものに、どうしてこんなことができるのか？　どうして私の家族が死んだなんてことがあり得るのか？　ホテルの部屋にいたのに？

　彼らなしでは生きられない。生きられない。できない。

　どうして私は死ななかった？　どうしてあの枝に摑まった？

　ばらばらになった私が、暗くて視界の悪い冥府に浮かんでいた。永遠のような一日、また一日を。

いつそれを聞いたのか、覚えていない。三日、四日、五日後だろうか。私は足を引きずりながら階下に降りてきていた。足に深く入っていた棘がだんだん表面に出てきていて、床に足が触れると皮膚を突き刺すようだった。

「今日、パパとママが見つかった」弟のラジーブがそっと言った。私は腰を下ろした。椅子が壊れていて、うしろに傾いてもう少しで落ちるところだった。誰かが急いで別の椅子を持ってきてくれた。私はラジーブを見た。「パパとママが見つかった」と彼はもう一度言った。彼が何を言っているのかわかった。ふたりの遺体が見つかったと言っているのだ。

「それからたぶんヴィクも」と彼は言った。「ヴィクが何を着てたか覚えてる？ 緑のTシャツと、黒と白の短パン？ チェックの？」私は頷いた。彼は私にヴィクが死んだと言っているんだ。私はラジーブと、部屋にいた叔母と叔父とナターシャを見つめた。彼は私にヴィクが死んだと言っているんだ。私は言葉なくじっと見つめた。あの緑のTシャツ、トラが描かれていた。インドで買ったんだ。初めて野生のトラを見た日だった。ヴィクが死んだって言ってるの？ 私は叫ぶこともむせび泣くこともしなかった。気を失わなかった。そして緑のTシャツを取っておいてほしいと頼むことも思いつかなかった。

全員の遺体が見つかるまで待とう、と私は自分に言い聞かせた。それから死のう。

弟はマッリの大掛かりな捜索を手配した。マッリはもしかしたら生きているかもしれない。彼は国じゅうを友人や家族と捜し回った。すべての病院、すべての被災者キャンプに行き、新聞やテレビで訴え、懸賞金を提示した。マッリの写真が壁や店のウィンドウや三輪タクシーのうしろから見つめていた。私はラジーブの努力を無視しようとした。無駄だと自分に言い聞かせた。希望を持ってはいけない。また期待してはだめだ。いまはだめだ。

スティーブとマルがただ消えてしまったということを、受け入れなければいけないのか？ 証拠は永遠にないということ？ 私は自分に問い続けた。そんな馬鹿げたことにどうしたら耐えられる？ でも、この世界で理にかなっていたことは、すべてあの波に砕かれてしまった。

彼らは私の世界そのものだ。どうやったら彼らを死んだことにできる？ 私の頭はぐらぐらした。

感覚の無い状態のまま、私は自分に、不可能なことを学習させ始めた。まる暗記してでも学ぶ必要があった。私たちは飛行機でロンドンには戻らない。息子たちは火曜日に学校に行かない。スティーブが仕事先から電話してきて、息子たちを時間通りに迎えに行けたかどうか確認することはない。ヴィクが教室の外で鬼ごっこをすることはもうない。マッリが小さい女の子たちと輪になってスキップすることはない。グラファロ。マッリがベッドで私にくっついてきて、鼻の先に毒のイボがある怪物グラファロの本を読むことはない。ヴィクがリバプールの誰かの得点に興奮することはない。ふたりがオーブンを覗き込んで私が焼いているアップルクランブルができたかチェックすることはない。私は唱え続けた。

でも私はそれを全く消化できなかった。

ヒースロー空港に着く時間が遅いので、息子たちのために冷凍庫にピザを入れてある。メモを残してきたから、翌朝には牛乳配達がいつものを持ってくる。大晦日にはアニータの家でパーティがある。クリスマスだ。ヴィクとマッリは自分たちのいちばん好きな替え歌バージョンの「ジングルベル」を歌い、「ビリーおじさんが高速道路でおちんちんをなくしたよー」というところでキンキン声を出している。その少し前にはハロウィンに夢中になっていた。獲得してきたお菓子の残りが、キッチンにあるオレンジ色のバケツにまだ入っている。手袋をしたふたりの指が私の指と絡まっているのを感じる。花火の夜だ。ふたりの頬は十一月の湿った空気の匂いがする。

　彼らがいま体験できないでいることのすべてを、私は必死で締め出した。そしてすべてのものに怯えた。すべてがあの生活とつながっていたから。彼らをわくわくさせたものは、すべて破壊したかった。花を見るとパニックになった。マッリが私の髪に挿すはずの花だ。芝生の一本の草も我慢できなかった。そこはヴィクが踏みつけるはずのところだ。夕暮れには、コロンボの空を交差して飛ぶ何千ものコウモリやカラスを見て身震いした。消滅してほしいと思った。それは私が無くした生活に属していたから。その光景はいつだって息子たちを興奮させた。

　いま私は安全を確保しなければならなかった。自分の姿を消さなければならない。私は暗闇に隠れた。部屋に閉じこもった。カーテンを閉めていてもまだ、布団を頭からかぶった。

　叔母の家の外を、車がひっきりなしに行き交っていた。その音が私の神経をずたずたにした。でもこの消耗させられる騒音の中にいることがふさわしく感じた。こんなふうにずっとがたがた揺られている方が、彼らを死んだものとすることができた。この歪んだ音は彼らがいない人生の音だ。ロンドンの私たちのベッドルームからは、キンパラやコマドリの声や、サッカーボールが地面に当たる音ばかりが聞こえた。

ロンドン、と考えるだけで、恐怖を感じた。私たちの家。ふたりの学校。ふたりの友だち。ピカデリー線に乗って自然史博物館に行く。アイスクリームを売るバンが流すジングル。これを全部どうしたらいい？　私は生活の記憶をシュレッダーにかけてしまいたかった。

私は日曜日に怯えた。あの波が襲ってきたのは日曜日の朝九時を少し過ぎたところだった。いまは日曜日の朝になると時計を見ないようにした。二週間前、三週間前、四週間前、十週間前、十五週間前のぴったりこの時間に、彼らの、私たちの、人生が終わったことを考えたくなかった。コロンボでは、日曜日の朝は泳ぎに行った。水が深いところでマッリを抱えたとき、マッリのつるつるした耳たぶが私の頬に触れる感覚を、いま私は必死で拒絶している。今日が日曜日なのに、スティーブが新聞を読んでいて公園に連れて行ってくれない、とヴィクが癇癪(かんしゃく)を起こすことは二度とないのだと認めたくない。日曜日の朝なのに、スティーブがトイレの便座を、新聞紙をなすりつけて拭くことはもう二度とないのだ。

こんなことが私に起こったはずがない。これは私じゃない。私は際限なくふらふらしていた。私、こんなになっちゃった。強風の中のビニール袋みたいに、なすすべがなかった。

これは私じゃない。シャワーに体を引きずって行って、水の出し方がわからずにしばらく蛇口を見つめて、また服を着て、身をよじるようにベッドに戻った。ベッドにじっと横になりながら、どんどん、どんどん落ちていくように感じ、あまりの速さで落ちるのでベッドの脇にぎゅっと摑まった。

こんな私があり得るのか？　私はいつも安全だった。いまは彼らの代わりに恐怖があるだけだ。私はひとりだ。お腹が痙攣（けいれん）した。胸に湯たんぽを当てて、心臓を打ち付けるような動悸を抑えようとしたが、止まらなかった。

私はバターナイフで自分を刺した。腕や腿に切りつけた。ベッドの木製のヘッドボードの、尖った角に頭を打ち付けた。手にタバコを押し付けた。タバコは吸わない。肌に焼きつけただけだ。何度も何度も。私の息子たち。

抱こうとしてもふたりはいない。この腕をどうしたらいいんだろう？

もうすぐ、もうほんとうにすぐ、自殺しなければならない。

私は決してひとりにされなかった。大勢の家族や友人が夜も昼も私を護（まも）っていた。

ナターシャは私を放さず、半年間ずっとそばにいた。ラマーニは、疑わしいくらい私が時間をかけていると思うとバスルームのドアを叩き、私を激怒させた。でも私の体はあまりに固く縮こまってしまっていて、トイレに座って水道の栓を全部開けてじっと長いあいだ座っていないとおしっこもできなかったのだ。夜、鼾（いびき）がうるさすぎると言ってケーシニを寝室から追い出したけれど、彼女は私を見守るためにアメリカでの仕事を半年間休んだ。アムリタは仕事を放り出し、他の人に子供を預けて、私を温め、気をまぎらわせてくれた。グンナとダリニは私をうまく丸め込んで部屋から何歩か出させることに成功した。ルリは私のベッドに潜り込んできて泣いた。

ときどき私はキッチンまで自分を引きずっていった――手首を切ることができるかもしれない――でも必ず誰かがうしろからそっと近寄ってきた。それにみんながナイフをすべて隠してしまっていた。叔母は夜、睡眠薬をくれた。注意深く、一粒だけの配給。私は痛み止めの薬の瓶を見つけて、そこにいっしょに溜め込もうとした。するとナターシャが私が隠しているのを見つけて、私を自転車泥棒のように怒鳴りつけた。毎日、外を猛スピードで通るバスの、どれか一台の前に身を投げようと考えた。でもナターシャが、もし死に損なって代わりに体が麻痺したら、車椅子に乗せて庭の真ん中に一日じゅうひとりぼっちで放置すると確約した。

私はロンドンにいる友人やスティーブの家族に二度と会いたくないと言い張った。その生活は終わったのだ。けれども彼らはやってきた。

友人のレスターが暗くした部屋に入ってきて私が生きていてほんとうに良かったと言ったとき、私は怒鳴った。どうしてわからないの、バカな男、私は死にたいんだ。ほんの数か月前の夏に、レスターは私たちといっしょにコロンボにいた。クリケットの試合に行くと、彼があんまりビールを飲むのでヴィクが感心していた。熱帯雨林に行き、マッリは毎朝、彼を早すぎる時間に起こして散歩に行った。それなのにいまレスターは、みんなが死んだからここに来ている？

アニータが私の部屋に泣きながら入ってきたとき、私は混乱した。私たちは何週間か前、学校のクリスマスコンサートのあとで、さよならを言った。競争しながら走っていくお互いの子供たちに、衣装を踏んづけないようにと叫んだ。それでいまは？　アニータは、私は生きなければいけない、私なしでは自分の娘たちを育てられないと繰り返し言った。あっち行け、と思った。

スティーブの家族は何度も何度もコロンボに来た。義兄のクリスが、ロンドンで計画している追悼の会について話し始めたとき、私はやめてくれと頼んだ。追悼の会？　そんな光景は異様だ。

でも彼はしつこく話し続け、式のときに流す音楽を何か選んでほしいと言った。そして義理の母が「ああ、スティーブンは子供のときにスレードとかいうバンドが好きだったわ」と言ったことを引き合いに出して、私を穏やかに言いくるめた。私は自分を奮い立たせて、コルトレーンを流すようにクリスに言った。その言葉を言うだけで私の心はひっくりかえった。スティーブがキッチンにいて、魚を焼きながら「至上の愛」を聴いている姿が見えた。

スティーブの姉のベバリーは、涙を拭きながら私のベッドに座った。彼女は十二月二十六日の朝、ロンドンで、泣きながら目を覚ました。そのときは理由を思いつくことができなかった。クリスマスの翌朝で、前の晩には騒々しくも楽しい典型的な家族の集まりがあった。でも誰かがスリランカで津波があったというニュースを電話で伝えてくる前に、彼女はもう泣いていた。その話を聞きながら私は、彼女の顎、彼女の顎、彼女の顎はスティーブの顎と同じだ、ということしか考えられなかった。

私は部屋から出たくなかった。自分からすすんでベッドから身を起こすのは、歯を磨くためにバスルームに行くときだけだった。私は念入りに、頻繁に、歯を磨いた。数時間ごとに足を引きずりながらバスルームに行って、ブラシの上に注意深くハミガキ粉を絞り出した。そして強く磨いた。腕が痛かったが、スティーブ風に言うと、「蹴りを入れて」しっかり磨くのをやめなかった。私は鏡に映った泡だらけの口に集中し、スティーブの言葉を考えないようにした。自分の殺気立った歯磨きの音が好きだった。でもハミガキ粉は最低で、クローブの味に吐き気がした。

私は二度と家から出ないと決心した。どうやって外に行けというのか？　外は、息子たちと行ったところだ。両側にひとりずつ手をつながずに、どうやって歩けというのか？

初めて、ということがたくさんあった。初めて叔母の家で階下に降りた。私たちの家ではいつも、たくさんの靴が玄関の脇に山積みになっていた。それが見えないことがわかっていて、恐ろしかった。初めてコロンボの道を歩いた。子供やボールがチラッとでも見えると耐えられなかった。初めて友人を訪ねて行って、ほんとうに病気になりかけた。スティーブと私は、ほんの数週間前に息子たちとそこに来ていたので、壁にはふたりの指紋がついていた。初めてお金を見たときは友人のデイビッドといっしょだった。彼は櫛を買いたがっていた。イギリスから持たずに来ていたのだ。私は彼が手にした百ルピー札をじっと見て震えた。その前にそれを見たときには、私には世界があったのだ。

初めてサンコウチョウを見たとき。あのときは友人に部屋のカーテンを決して開けさせるべきじゃなかったと思った。暗闇の中にいた方が安全だった。それがいま、太陽の光が目を刺し、外ではあの見慣れた鳥がタマリンドの枝で炎のような羽根をひらひらさせていた。見るや否や私は目を背けた。ほらごらんなさい、と思った。鳥を見てしまった。サンコウチョウを見てしまった。世界中の鳥が死んでいるべきなのに。

初めて息子たちの写真を見たときは、心の準備ができていなかった。私は死ぬ方法を探してインターネットを検索していた。その頃よくやっていたことだ。いろいろとクリックして行き着いたところで、ロンドンのイブニング・スタンダード紙が「私は家族みんなが流されていくのを見ていました」と大見出しで書きたてていて、その横にヴィクとマルの大きな写真があった。あの写真は学校で撮ったやつだ。マッリは赤いシャツを着ていて自慢気だった。あまりによく知っているその画像が、いまは私を圧倒した。あの波以来、私の心は彼らの顔をしっかり見ようとしていなかった。そうすることに耐えられなかったのだ。私はベッドに倒れて顔に枕を押し当てた。

それにあの見出し。「私は見ていました」？　私はひとりの記者とも話していない。部屋からすら、ほとんど出ていない。何てことするの？　腸が煮えくりかえった。もしスティーブがいたら、もしスティーブがいたら、あのイブニング・スタンダードの記者を暗い夜に捜し出してぐちゃぐちゃになるまで殴ってきて、と彼に言っただろう。


スティーブとマッリは、波の四か月後に遺体が確認された。私はそのあいだずっと、彼らは海の深いところに消えてしまったと自分に言い聞かせていた。消えた。魔法のように消滅した。そうやって彼らの死を、あの波と同じくらい非現実的で夢のようなものにしておいた。そうしたら四月の終わりに、ふたりともＤＮＡ鑑定で識別されたと知らされた。スティーブの誕生日がくる数日前だった。彼は四十一歳になるはずだった。

そのときまで私は、二月に彼らの遺体が集団埋葬された墓から掘り起こされたことを知らなかった。ＤＮＡ鑑定がオーストリアのどこかにある研究所で行われていたことを知らなかった。彼らが見つかったと知らされたとき、私はいろいろなものを叩いて粉々にした。いま彼らが見つかってほしくはなかった。遺体として見つかってほしくはない。棺桶の中にいてほしくなかった。

その年のもっとあとになってから、私はデイビッドとその集団墓地に行った。それはヤーラから少し離れたキリンダにある仏教寺院の隣りの、みすぼらしい一角だった。その村の子供たちが何人か走り寄ってきて、聞きたい以上のことを私に話した。「死体は夜、トラクターやブルドーザーで運ばれてきたよ」と子供たちは言った。「服を着てるのも、着てないのもあった。なんにも着てないのもあったよ。村のみんなは怖がったけど、お寺の導師さまが死体を埋めることを許可したんだ。それからある日、警察が来た。白人の警官もいた。そして掘り起こした。見るなと言われたけど、見てたんだ」

私は聞きたくないとは言わなかった。歩き去りはしなかった。そしてただ聞いていた。彼らが話しているのはスティーブとマルのことなんだ。スティーブとマル。「僕のお母さんは遺体を見て気が狂っちゃった」と少年のひとりが言った。「トビーラ（悪霊を祓う儀式）とかもやった。カッタディーヤまで来た」呪術師のことだ。「二万五千ルピーも払わなくちゃならなかった。でもまだ治ってない。まだ狂ってるよ」

私たちは十二月八日の夜にロンドンを発っていた。スティーブと私は、その日は家で仕事をした。昼食時には車でマスウェル・ヒルまで行って買い物をした。ヴィクが四月にピアノの試験を受けるための本が必要だったので、音楽の店に行った。キース・ジャレットのCD「メロディ・

アット・ナイト、ウィズ・ユー」を買った。オリヴァーズ・デリで、チョコレートケーキを分けて食べた。M&S（マークス&スペンサー）に寄ったのは、週末にワインを買ったときにお金を払いすぎていたからだ。三本買ったのに五本分取られていた。レジ係が現金で戻してほしいか、商品券がいいかと聞いた。スティーブは商品券でいい、またいつでも来るから、と言った。彼は商品券を財布に入れた。

学校のクリスマスコンサートは、その前日の夜だった。演目は「クリスマス・キャロル」。ヴィクラムはうしろの列でいつものようにだるそうに歌っていた。マッリは客席でスティーブの膝に座っていた。「ホワイト・クリスマス」が歌われたときには、いっしょに歌っていた。ステージに降る作り物の雪に魅せられて、びっくりした顔になっていた。マッリは雪に関するものが全部好きだった。そのとき、コロンボから戻ったら、ピーコック劇場でやっている「スノーマン」に必ず連れて行こうと決めた。私は彼がテレビで、空を飛ぶ男の子とスノーマンを見て息を呑んでいるところを見かけていた。次の朝、チケットを四枚予約した。一月五日で。

*

私は息子たちのために、絶えず何かをしていた。それをいま全部やめなければならないのか？あの波のあと、何か月も何か月ものあいだ、私はベッドの脇を掴み、そのことを考えて動揺していた。

でも、ガラパゴスのカメをヴィクと検索するのを、どうやってやめればいい？　恐竜の鳥について話すのをどうやめればいい？　マッリの、ダンサーになるという夢をどうやって諦めればいい？　それか、ショーをやる人になるという夢は？　そろそろマッリにほんとうに読み書きを教えなければと、ちょうど考えていたところだった。彼が学校でつくったクリスマスカードには「ママとババへ」と書いてあった。

　ママ。ふたりの声が聞こえた。「ほんとうなの、ママ……いまいくよ、ママ……ああっ、テレビ消さないで、ママ……足が痛いよ、ママ」ママ。私はその言葉を消してしまいたかった。

　こんなふうにふたりが近くに現れるときに、彼らを求めてしまう苦痛。もうすぐ私は自殺するだろう。でもそれまで、どうやってこの痛みをなだめればいい？

　ふたりを振り払わなければならない。でもどうやって？

　私は思い出すのをやめなければならない。彼らを遠くにおいておかなければならない。思い出すほど、苦痛は大きくなる。こんな考えが頭の中につっかえていた。だから私は息子たちのことを話すのをやめ、名前を口にせず、ふたりのエピソードを遠くに押しやった。ふたりが、私たちの生活が、あの波と同じくらい非現実になればいい。

　それにふたりは、いずれにしてもぼんやりして遠くに感じられるようになっていた。それは波のあと、初めの数日で起きた。ふたりの顔が見つからず、ふたりの姿は陽炎の中にいるように震えていた。麻痺した状態の中でも、彼らのディテールが私からパンくずのように落ちていっているのがわかった。それでも、ふたりが浮かび上がってくるたびに、私はパニックになった。

　もっと気をつけなければ、と自分に言い聞かせた。ふたりを締め出さなければならない。

その決意をいつも維持することはできなかった。気がつくとベッドでふたりの輪郭をたどり、大きさや形を思い出していた。彼らの痕跡はそれほどリアルで、体温がありそうなほどだった。私はシーツに彼らを固定し、ピンで留めてしまいたかった。

でもやめなければ。ふたりから逃げなければならない。

みんなが私にお酒を飲ませたくないと思っている。ずうずうしい、と私は苛立った。よりによって私の親戚たち。よく言うよ、自分らこそいつもスコッチに伸ばす手が止まらないのに。長年にわたって、私の両親や叔母や叔父たちにとってアルコールがないディナーパーティに呼ばれることは家族の危機だった。彼らは何週間も前から文句を言った。ああ、こういう集まりは難しい。その夜はどこかで早く落ち合って飲んでから行こうと計画した。それがいま、どういう神経なのか。同じ親戚たちが私に飲ませないようにしようとしている？

はじめの何週間か、毎晩誰かが私にワインを一杯勧めようとした。さあ、一杯だけでも。それならブランデーはどう。リラックスできて眠れるよ。でも私は拒否した。起こったことの真実がもやもやになることを恐れた。私は用心深くしている必要があった。もしも、ほんの一瞬でも、何も変わっていない、誰も死んでいないと考えてしまったらどうするというのか？

それから突然、私は毎晩酔っ払った。午後六時までにはウォッカが半分空いていて、お腹が燃えるようでも気にしなかった。それから、ワイン、ウィスキー、家をごそごそ探し回って手に入ったものなら何でもよかった。グラスを持ってくる暇を惜しんでボトルからがぶ飲みした。

そうしたらみんながパニックになった。彼らは(自分たちの分を飲んでから)ボトルを鍵がかかるところに仕舞った。叔母が鍵を隠した。友人のサラがロンドンから来て、ベイリーズを何本もボトルごと全部流しに空けた。嫌な女、なんてもったいない、と私は思った。私は頭にきて髭剃りローションや香水を飲もうとした。アルコールが入ってるでしょう? おえっ、ひどい味。私は瓶を壁に投げつけて割った。

毎晩私は壮絶な飲酒で死ぬことを願っていた。それに、それは眠ることへの恐怖を和らげた。眠れば、次の朝目覚めて真実をまた一から知り直すことになるのがわかっていた。ときには一晩中、蛾がはたはたと飛んでいる音しかしないバルコニーでボトルからがぶ飲みした。私は暗闇に向かって訴えた。彼らはどこにいるのか。ここに連れ戻してほしい。朝、最初の光と共に鳥が鳴き始めると、私は急いで中に入った。鳥は避けなければならなかった。または逃げる代わりにオニカッコウたちに、さあもっと、ボリュームを上げて、私の痛みを引っ掻いて、と言った。

夜じゅう飲んでいれば、夢を見ないで済んだ。毎晩私は逃げる夢を見た。何かから走って逃げている。ある夜は水、ある夜はかき回されている泥、その他の夜は何だかわからないものから。夢ではいつも誰かがひとり死んだ。それから私は目覚めて、ほんとうの悪夢と対面する。

アルコールと共に、錠剤を飲み続けた。医者に処方された睡眠薬は決まった量だけ支給されていたが、ここはコロンボで、角を曲がったところの薬局に行けば処方箋なしで買いだめができた。

ゾルピデム、ハルシオン、セロクエル。夜、ひとしきりお酒を飲んでから二錠飲み、また二錠、また四錠、四錠追加し、また二錠、素早く続けて飲んだ。それからマグカップ一杯のジン。それから、腕を上げてとることができるときには、もう一錠。次の朝は動けなかった。立ち上がるとふらふらした。血圧が下がっていて、体が震えた。友人のケーシニは私のベッドに座り、手を握り、私が中枢神経の抑制薬を誤用していることについて厳しく語った。こんなことを続けてはいけない、心臓が止まってしまう。私は無表情で彼女を見つめた。ふうん、専門的な話をするわけね、と思った。

私はアルコールと錠剤を混ぜるのが好きだった。それは幻覚を起こさせた。エアコンから太った黒いミミズが這い出てきて壁を滑り降りてくるのを見つめた。何百匹も、ゆっくりと這っている。バルコニーに座っていると、白いスーツの男が木にぶら下がっているのが見えた。私は声をあげて笑い、男を指差して友人に教えた。みんなは気味悪がらないふりをしていた。これはいい。自分が狂っていると感じ、それが正しい状態だと考えた。私の世界が一瞬でなくなったのだから、私は狂っているべきだ。

半分酔って、半分薬漬けで、私はインターネットであの波の画像を検索した。破壊された現場。死体、遺体安置所、集団墓地。怖ければ怖いほどいい。その画像を何時間も呆然と見つめた。いま私はすべてを現実ととらえたかったが、それを試みることすら、酔っていなければできなかった。それに私の中には無感覚なところがあり、それはお酒を飲んでいるせいではなく、もっと深いところにある生気のない部分で、そこが私がほんとうに狂うことを拒んでいるのだと感じた。

私はそこを、この画像で刺したかった。いつまでも検索を続け、何かが私に気が狂うほどのショックを与えることを願っていた。

私は死に方をググり続けた。成功する方法を知る必要があった。失敗はできない。そしてラップトップにログインするたびに、私の人生で変わっていないのは私のパスワードだけだ、と思った。私はスティーブのパスワードを覚えていて、覚えていなければいいのにと思った。それはいつも rosebud プラス何かだった。Rosebud（ばらのつぼみ）。

ときどき私は、薬漬けの状態で、何かとても重要に思えるもののことでパニックを起こした。例えば図書館の本。どうしたらいいんだろう、子供たちが図書館から借りた本を返さなかった。繰り返しそう言いながら、行ったり来たり廊下を歩いた、というか、ゆらゆらした。あの、サウスバンクの詩の図書館から借りた本。ロンドンには二度と帰らないから、あの本は返せない。私はときにはこんなふうに普通のことを心配することを楽しんだ。

友人たちは私を少し落ち着かせることを願って、コロンボから離れる短い旅に私を連れ出した。それはうまくいくとは限らなかった。ある夜、たっぷりのウォッカと錠剤を飲んだあと、レスターに誰もいない暗いビーチを何キロも歩かせた。私は亀が卵を産みに来る場所を知っていて、それを彼に見せたかった。一時間以上もビーチをつまずきながら歩き——私はそれを、地面のせいにした。平らではなく、小さな砂の山があったから——道に迷ったのではないかと思っていたことは認めなかった。レスターはその夜の早い時間に私がウォッカのボトルを持っているところを見ていたので、心配していた。前日の夜、私はあんまり沢山飲んだので何度か吐いて気を失い、彼は私が眠っているあいだに喉を詰まらせないか心配して、朝まで私のベッドの脇に座っていた。彼は私が今晩もきっとそれを繰り返すと思っていた。「俺たちここで何やってるんだ？」と彼は言い続けた。「こんな誰もいない暗いところでさ」とうとう私たちは緑の亀に出くわした。亀が砂に掘った大きな穴には柔らかい卵が落ちていた。そこには私たちだけではなく、ふたりのドイツ人観光客も見物していた。私は静かに這って亀に近づき、穴を覗き込み、手のひらに卵を持った。温かかった。奇跡のようだと思った。レスターにも見るように促したけれど、彼はもううんざりしていた。「金曜の夜だぜ」と彼は声を荒らげた。「僕はロンドンで、パブにいることもできたんだ。なんでこんな荒れ果てた海岸でドイツ人といっしょに亀のケツを見上げてるんだ？」

2

二〇〇五年七月—十二月、スリランカ

誰かが、父の名前が書かれた真鍮のプレートを、表の灰色の塀から外していた。そこには父の名前が黒のイタリック体でエッチングされていた。私は友人のマリー・アンの車の助手席に座り、塀に空いた、かつてそのプレートが釘で打ちつけられていた穴から目を離さなかった。

ここは両親が三十五年ほど暮らしたコロンボの家で、私の子供時代の家だった。そして私の息子たちにとっては、スリランカの家だった。毎年夏とクリスマスに訪ねてくるとき、息子たちは有頂天だった。ヴィクはここで初めて歩き、マッリはもっと小さいときにはここを「スリランカ」と呼んでいた。それから私たちの最後の年、二〇〇四年、私とスティーブが長期休暇をとり、四人で九月までの九か月をコロンボで過ごしたときには、この家が子供たちの生活の中心だった。

ここが、私たちが十二月二十六日の午後に戻ってくるはずのところだった。母はもう調理人のサロージャに夕食のメニューを伝えていた。ここが、彼らが帰って来なかったところだ。いま、あの波から六か月が経って、私は思い切ってこの家を見ようとしていた。

表の塀際に停められたマリー・アンの車に座って、私は用心深くしていた。あたりを見回したくなかった。いろいろ見すぎることが怖かった。でも我慢できずに覗いた。

いまは名前がなくなっている塀以外は、家の外観は変わっていなかった。高い鉄の門には、てっぺんに泥棒除けの尖った大釘がついたままだった。バルコニーの手すりは白く、しっかりしていた。車はマンゴーの木の下に停まっていたが、それは花が咲くと私にアレルギーを起こさせたあの同じマンゴーの木。不快で、葉に黒い斑点がある木だ。車寄せに黒い小石があるのに気づいて、私は思い出した。ヴィクはこの石でジャグリングをしながら、ニュー・ランカ・ケータリングのバンが、キムブア・パーン――ワニの形をした、砂糖のかかったロールパン――を売りに来るのを待っていた。

蒸し暑くてベタつく午後で、マリー・アンは車の窓を開けた。近くの電柱の上にとまっているヒヨドリが、甲高い声で鳴いた。そして私は、正面の塀のすぐ向こうにある屋根付きの車寄せに吊るされたランプに巣を作っていた、シリアカヒヨドリのつがいを思い出した。ガラスのランプの笠のくぼみに、乾いた小枝や葉っぱや緑のストローまで使って巣が作られていた。淡い赤色をした卵の殻がまだ少しかぶさっている落ち着きのない雛鳥の誕生に、息子たちはうっとりしていた。ふたりはそこから初めて飛び立つ鳥たちを何度も見守り、塀の上に並んで未熟な小鳥が地面に落ちるのを狙っているカラスの群れを追い払った。いま、ふたりがランプの下に椅子を置いて、そこに乗ってもっとよく覗こうとしている姿が見える。お互いを椅子から押しのけている。今度は僕の番だよ。僕が鳥の赤ちゃんを見たいんだ。降りてよ。

家の中で電話が鳴った。身震いがした。同じ電話、同じ鳴り方だった。この塀の反対側にある父の書斎で、電話はずっと鳴り続け、誰もそれをとらなかった。いま私には、父が椅子をうしろに引いている音が聞こえる。母に、また彼女の妹から電話だと言いに行くのだ。父が書斎のドアを開けるのが聞こえる。そのドアにはいつもたくさんの鍵がぶら下がっていた。ドアを開けたり閉めたりすると、鍵がドアのガラスのパネルに当たった。私にはそのカチャカチャいう音が聞こえた。

この数か月、私は両親の死に焦点を合わせることができなかった。私は両親について考えることを抑えていた。息子たちとスティーブを失ったことで完全に混乱していたのだ。いま、この家の外にたたずんでいると、両親が少しだけ浮かび上がってきた。

そのときマンゴーの枝のあいだから、二階の寝室の窓が閉まっているのが見えた。あそこは私が子供の頃、私の寝室だった。それから後、みんなでここに来たときには、ヴィクとマッリがあそこで寝た。あの部屋に彼らを寝かしつけるのには、いつもひどく時間がかかった。彼らは私の母にまたもう一杯シュワシュワした飲み物をねだり、母は喜んで言うことを聞いた。ふたりは小さすぎる蚊帳(かや)を隣り合った二つのベッドに広げようとして口喧嘩し、部屋をどのくらい暗くするべきか言い争った。ヴィクは少し光を欲しがり、マッリは欲しがらなかった。マッリは言った、

「ヴィク、怖がらないでよ。真っ黒なのがいいんだよ。そのほうが夢がよく見えるんだ」

私はその寝室から目をそらした。塀の、かつてネームプレートがあった、何もない場所をじっと見た。彼らはあの部屋にまだいるにちがいない。いないなんてありえない。

私は中には入らなかった。マリー・アンは車を出すためにエンジンをかけながら、私の手をぎゅっと握りしめた。そして私は、ヤーラへ出発する日、ここでの最後の朝、息子たちよりも早く起きて二つの赤い袋にふたりへのクリスマスプレゼントを詰めたことを思い出した。ヴィクはその袋に黒いマジック、あの油性のやつで、自分の名前を書いていた。


私が夜になってその家に戻ったのは、昼間の光の中でそこに入るのは耐えられなかったからだ。高い金属の門は閉まっていて、以前のように少し開いてはいなかった。すべての部屋が暗く、窓は閉まっていた。家は息をひそめ、信じがたい状況におののいていた。一灯の明かりがバルコニーに灯(とも)り、もう一灯が車寄せに灯っていた。私は急いでちらっと車寄せのランプを見た。鳥の巣の跡が少しあったが、鳥はいなかった。大きな木の玄関は、車輪がごろごろと鳴って手前に開いた。私はサンダルを履いたまま中に入った。以前のように、階段の下の壁にかけてある背の高いブロンズ枠の鏡の方へ蹴とばすことはしなかった。

玄関をくぐっていくと、その家の大きな沈黙が私を引き裂いた。それ以前に何度も、夜、中に入ろうとしたのだが、門よりも先に行くことができていなかった。私は、たくさんジントニックをあおって力を注入してきた足で、ちくしょう、と金属の門を蹴った。忌々しいこの家。何もかも忌々しい。

私が入ったその家は変容し、広大で空っぽで、剝奪されていた。ほんのいくつかの家具が、場所を変えられ、あるべきでない位置に残されていた。床はむき出しで、私の足音を吸収するラグはなかった。壁は新しいペンキで光っていて、取り外された鏡や絵画や、青と白の磁器製の古いお皿が作った跡までもが覆い隠されていた。

私はそのむき出しの感じが嫌だった。元のまま、私たちが残していったままの家が欲しかった。すべての長椅子、彼らが座ったすべての椅子に座りたかった。そうしたら、もしかしたら少しのぬくもりが私に染み込んでくるかもしれない。彼らの服でいっぱいのタンスが欲しかった。私たちのタンスには息子たちの下着の山が混ざり、父のタンスには白いハンカチがきちんと積み上げられていただろう。ベッドの横のテーブルからヴィクが読んでいた本を拾って、彼がページを折ってどこまで読んだか印をつけたところを開きたかった。テーブルの上に、蓋を閉め忘れて乾いてしまっている、緑のロールオン式の蚊除けスティックがあって欲しかった。でもそれはすべてかなわない。傷ついて当惑した弟が、家を片付けさせて物を出し、ペンキを塗って磨かせていた。すべてはあの波のあと、ひと月かふた月のあいだに行われていた。彼にとってはそれが現実的な行動だったのだろう。理解しがたいことに秩序を強いることが、たぶん。私は当時叔母の家でベッドに倒れていて、両親の家に戻るということをきちんと考えられなかった。ちょっと考えただけでも体が震えた。

いま、この静けさの中、ニスやペンキの匂いで消毒されたような中で、私は私たちの痕跡を探した。もしかすると、お尻が噛み取られたちびた鉛筆とか、くちゃくちゃになった食料品のレシート、床でふわふわする髪の毛、壁にペンでひょろっと書かれた線、テーブルの上のフォークでできた傷とか。でも何もなかった。へっこみもない。ボールを強く投げ上げすぎて、階段に沿った木の手摺りのペンキが欠けたところもない。両親の寝室の白いテーブルに数滴垂れていた深紅のマニキュアは消えてしまった。ソファにあったチョコレートの染みは漂白されてなくなっていた。こんなことがあるはずがない。ここには私たちの生活の原子くらいは隠れているはず、この静けさのどこかに残っているはずだ。

そのとき、私は見た。マットがある。ただの小さな四角いゴムマットで、丸いぼつぼつがある、なんでもない物。でも私は釘付けになった。これはヴィクが、庭から飛び跳ねながら帰ってきたときにどろどろの足を拭いたマットだ。その同じマットだ。それがいまは家の中にあって、階段の脇に投げやられている。あるべき場所、庭から続く上がり段のところにはなかった。誰も捨てる手間を取らず、わざわざ洗ってもいなかった。ぼつぼつの隙間には、乾いて分解しつつある草のかけら、砂つぶ、蟻が飽きて置いていった虫の屍体の破片が、ぱらぱらとついていた。これはヴィクラムの足跡？　あの泥の破片は彼の足から落ちたもの？　このマットがあって、突然この家は命のない状態ではなくなり、ほんとうにわずかにみんなの存在を宿して、かすかに鼓動していた。もう少しで彼らの音が聞こえそうだ。本のページをめくりながらラタンの肘掛け椅子を優しく揺らし、ローストしたカシューナッツをひとつかじっては床にひとつ落とし、グラスに氷をひとつ入れてから氷摑みをテーブルに戻している。

私はかつて父の仕事部屋だった空洞に入った。法律の書類の山がいくつも盛りあがっている大きなデスクはなかった。あの青やベージュのファイル。端が擦り切れていて、細いリボンで結んであるものもあった。二面の壁に床から天井まである木の棚は空っぽで、いちばん上の棚はもう、本を入れすぎてたわんではいなかった。デスクの前にはもうスリランカの古地図が掛けられてはいなかった。地図のひとつは十六世紀のもので、島を、子供が描いた傾いた家のような直線的な五角形で描いてあった。地図製作者はその中央に、いくつかの川や山といっしょに、四本の足に凝ったアンクレットをしたカラフルな象をエッチングしていた。たぶん地勢的なディテールが足りないことを補おうとしたのだろう。

その部屋の暗がりに立つと、呼んでもいないのに、私たちの最後の日々の断片が閃光のように現れ続けた。マッリが裏庭のプルメリアの木に束ねた風船をいくつも結んでいるのは、友だちをディナーに呼んだから。パーティには風船がなくちゃ始まらない。母がヴィクラムにピアノで「聖しこの夜」の弾き方を教えていて、彼はコードを変えてペダルを強く踏んで曲をぐちゃぐちゃにして、えくぼいっぱいの顔で笑っている。パーティの夜、スティーブは濃いオレンジ色のシャツを着ている。私がその日、彼に買ってあげたばかりのシャツで、いつもの彼の趣味よりも少しだけ派手だ。この部屋にいるだけでこのすべてがいまくっきりと見えて、私の意識にかかった霧がしばらくのあいだ晴れた。窓の外を見ると、表の庭にライムの木が見えた。あのライムの葉の、小さくちぎったときの酸っぱい匂いを、私はあまりによく知っている。外は聞き覚えのある虫の音でいっぱいだ。羽をすり合わせるコオロギ、小さな腹部の膜を震わせる蟬。少しのあいだ、時間が止まる。我が家。

二階の私たちの寝室には、ふたつのダブルベッド。シーツや枕はなく、むき出しだ。衣装ダンスは空で、棚の中を指でなぞると、埃はなかった。引き出しの隅にいくつか貝殻を見つけた。マッリと私が海岸で集めた小さなタカラ貝だ。真珠のようななめらかさを親指で感じながら拾った。マッリはその貝を、私のも彼のも、「お気に入り」と呼んでいた。放心しながら部屋から部屋へ出たり入ったりして、階段のいちばん上の小さな祭壇部屋を覗き込んだ。床の上、ブッダとガネーシュ像の下に、ヴィクラムのクリケットのスタンプ（ウィケットを構成する三本のスティック）が一セットあった。彼が持っていた中でいちばん長いものだ。スティーブが毎晩、スポーツ省の競技場の陸上トラックの真ん中に、バットで軽く叩いて地面に立てていた。私はスタンプを一本拾い、尖った先端が土で黒くなっているのを見つめた。地面の湿り気がまだ木にくっついていると思えるくらいだ。私はそれを私たちの寝室に持って行った。そしてベッドを叩いた。泥のついた尖った先端でマットレスを刺した。何度も何度も、強く、もっと強く。破れ目ができて、その穴をもっと深くするためにまた刺し、もうひとつ裂け目を作るためにまた刺し、その裂け目をつなげるためにまた刺した。私たち四人、ここで無邪気に眠っていた。これで思い知るだろう。

埃、ガラスの破片。ここはホテルだった。ぺしゃんこになっている。立っている壁はなく、床からすぱっと切り離されたようだ。陶器のタイルを貼った床だけが残っていて、大きな部屋の跡があり、細い廊下があらゆる方向に伸びていた。あたり一面に木が倒れていて、周囲の森は吹き飛んでいた。まるで野火があったかのように、樹木はすべて炭化していた。泥に落ちたサインボードにヤーラ・サファリ・ビーチ・ホテルと書かれていた。私はこの粉々になった風景の中をつまずきながら彷徨（さまよ）った。この廃墟で足の指をぶつけた。

この旅で、私は初めてヤーラに戻ってきた。スティーブの父のピーターと姉のジェーンがいっしょだった。コロンボからの三百キロの途中、私が吐くために、何度も車を停めなければならなかった。

私たちが戻ったその日は風が凄まじく、私たちの顔に砂を吹き付けた。でもそれはガサガサ音をたてさせたり揺らしたりする木を奪われた、不思議に静かな風だった。真昼で、激しい太陽を避ける日陰はなかった。ヴィクを興奮させたウミワシは、まだそこにいた。この廃墟で大胆になり、低く飛んで、裸の地面に突然影を落とした。ワシがいて、ヴィクがいない。私は見上げなかった。

これを現実ととらえることができなかった。この荒地。これが私と何の関係がある？　と考えた。私が最後に家族といた場所がこれ？　クリスマスイブにワインをワインクーラーで冷やしたのはここ？　すべて信じられなかった。彼らの消滅が理解できなかったから。

それまでにいくつかの事実を学んでいたので、それを頭の中で復唱した。波はここで九メートル以上の高さだった。時速四十キロで陸を進んだ。三キロ以上内陸まで突進して、海に戻った。いま周りに見えているものはすべて水没した。私は自分に何度も何度もこう教えた。それでも何も理解できなかった。

私はこのホテルの地理を熟知している――でもいまは方角を失っていた。どこに行けばいいのか？　ここに何を見に来たのか？　そのとき岩のことを思いだした。ホテルの脇、潟のへりに大きな岩があった。黒くて、落ち着く岩で、私たちはよく夕暮れにそこに座った。毎年息子たちがそこに座っている写真を撮った。いま、それを見つけるまでにしばらく探さなければならなかったのは、かつてあった場所にはなかったからだ。それは潟の真ん中にあった。動いたのか、それとも潟が広がったのか？　わからなかった。でもその岩が私の拠り所になった。このコンクリートの柱は、ダイニングルームを支えていたものだ。あそこの、砕けたコンクリートの山のうしろにプールがあった。私たちがいた部屋はいちばん遠い端にあった。ジャングルが近く、夜には野生のイノシシが藪からこっそり出てくるのが聞こえた。

私はスティーブの父親と姉にその部屋を見せた。ふたりは黙ってバスルームの床を見つめた。私が波を見たときにスティーブがいたところだ。そして水から逃げるときに私たちが通った道筋をなぞり、ジープに乗り込んだ私道を教えた。私たちはしばらくその砂利の上に立っていた。私は赤い土埃を蹴りあげた。

まだまっすぐ立っている数少ない木の一本、背の高いアカシアの木のてっぺんの枝に、ものが挟まっているのに気がついた。エアコンの機械、ピンクの蚊帳の網、車のナンバープレート。そして地面のがれきの中に、乾いて丸まってしまった日本語の雑誌、ルームサービスのメニュー、割れたワイングラス、黒いハイヒールの靴が見えた。子供の赤い下着。私の視線は急いでそれをやり過ごした。自分たちのものを何も見つけたくなかった。

私はひとりで海へ歩いた。いまは六月で、ここの波は荒い。じっと見つめた。この波、こんなに近い。私はそこから動かずに、波を罵った。ひとごろし。さあ、来なさいよ。どうしていま上がってこないの？　もっと、もっと高く。私をのみ込めばいい。

私が義父のところに戻ると、彼は一枚の紙を手にして、それを覗き込んでいた。そしてそれを私に見せた。彼は風の中に立って、空中に向かって、スティーブと孫たちにちょっと話しかけたのだと言った。そのとき何かが足元でぱたぱたした。彼は気にしなかった。それはただの紙切れで、ほとんど砂で覆われていた。古い新聞紙か何かだと思った。風が一陣吹くたびにその紙はぱたぱたし続けた。だから彼はそれを掘り出した。それはA4サイズのラミネート加工された一ページだった。これがスティーブのものだという可能性はあるか？　と彼は聞いた。

私は見た。もう一度見た。私の血が跳ね上がった。そのとおりだったからだ。

それはスティーブと彼の同僚が書いた調査レポートの裏表紙だった。「従業員評価プログラムへの無作為割り当ての使用」に関するレポートで、二〇〇三年にロンドンで出版されたものだ。ISSN（国際標準逐次刊行物番号）が左下にまだくっきり見えた。ページは、真ん中が少し破れている以外はしっかり残っていた。あの波を生き延びた？　その後の何か月ものモンスーンも？　この容赦ない風も？　それでスティーブのお父さんの足元に現れた？　カサカサ音を立てた？　無作為割り当て。この狂気の中で、この言葉はなんて場違いなんだろう。私はスティーブが取り組んでいたいくつもの研究を思い出した。私が彼に向かって叫んだとき、彼はトイレにすわってこれを読んでいた？　これは彼の手が触った最後のもののひとつなの？　私は紙を胸に押し当ててすすり泣いた。義父は私の横に立っていた。「泣きたいだけ泣きなさい」

そのページを見つけたあと、がれきの中で私たちの所有物に出くわすことが怖くなくなった。今度はもっと見つけたくなった。私はその後数か月にわたって、執拗にヤーラに戻った。そしてホテルの残骸をあさった。私は探し、あたりを掘り返し、錆びた金属で腕に擦り傷をつくった。プラスチックの破片に飛びついた。これは私たちのおもちゃからきたものじゃない？　これはマッリの靴下？　私がほんとうに見つけたかったのは、クレージー・カラスだった。あの波の前日、クリスマスに、私たちがマッリにあげた、乱れた黒い羽根のパペット人形だ。ラッピングを破ってそれを見たとき、彼の目がどんなに輝いたか。

私は内陸に向かって波が通った道を、何度も何度も辿った。トランス状態で、根っこからひっくり返った藪をかきわけて進んだ。ジャングルは水にのみ込まれていて、広い範囲が波が運んできた灰白色の砂で覆われてしまっていた。私は危険を無視して森の中深くまで歩いた。そこには野生の動物がいた——ゾウ、ヒョウ、クマ。ロンドンからときどき同行して来ていた、疑いを知らない友人には嘘をついた。「ほんとうにここ安全なの？」「うん、もちろん。さあ行こう」

ここでは普通なものは何もなく、私はそれが気に入っていた。ここの、この荒廃した風景の中では、もう私たちのものではなくなった日常の様々なディテール――温かいパンを買った店、青い車、バスケットボール――から身をひそめる必要がなかった。私を取り巻くものは、私と同じくらい形を変えていた。ここには私の居場所があった。

私はその後数か月にわたってここに戻り続け、ジャングルが復活し始めるのを見た。壊れたレンガの下から鮮やかな緑の芽がこっそり出てきた。傾いた柱に新しい蔦が這いあがり、廃墟は突然古代からあるもののようになった。何か神聖な場所、林住僧の寺か何かに見える。私たちの部屋の周囲には若いラナワラの藪がぽつぽつとあって、黄色い花を垂れていた。そして裸の地面や床の割れ目、あらゆるところに、海沿いに咲く小さなピンクと白の花が入りこんできていた。ミニ・マル、または墓場の花とも呼ばれている。私はこの再生が不快だった。癒えるなんてずうずうしい。

それでも、私は新しい平穏を経験し始めた。コロンボでは、胸がいつもさしこみを起こしていたが、ここでは痛みがやわらいだ。私たちがいたホテルの部屋の温かい床に寝転ぶと、海からゆっくりと月が昇ってきて、私は息をすることができた。床の端には小さなボルト穴があって、そこに砂が詰まっていた。あの波が向ってくるのを見たとき、私はヴィクに裏のドアを閉めるように言った。この穴に、彼は錠を下ろしたのだった。いま私はその縁を指でなぞった。そして砂をきれいにかきだした。

私たちはここの野生を愛していた。いまそれがゆっくりと私の中に入りこんできていて、注意を向けるように私を促し、私を麻痺した状態から起こそうとしていた。ほんの少しだけ。そしてここで私は、思い出す勇気を獲得した。一羽だけで歩いているクジャクの足跡を辿って海岸を歩き、私たちの断片を受け入れた。ヴィクとマッリがこの海岸でヤドカリをつかまえているのが見えた。ふたりはヤドカリを大きな青いたらいに入れて、砂のトンネルや溝でそこに地形をつくり、一日の終わりには水際で放してやっていた。いま私には二人の声が聞こえる。遅い夕方の光の中で、ふたりの無邪気さが輝いているのが見える。「ママ、僕いい子だったかな。サンタさん、僕にたくさんプレゼントを持ってくる？」

あの波の前の何時間かの断片がちらついた。ヴィクが私のベッドに飛び乗ってきた。「こっちに来てぎゅっとしてよ」と私は言った。彼は「クリスマスの次の日ぎゅっ？」と言いながら体を寄せてきた。もうすぐホテルをチェックアウトすることになっていた。母は化粧バッグのパッキングを終えていただろう。私はここでの最後の夜の、星が散らばっている空を思い出した。「パパ見て、空が水ぼうそうになってるよ」私たちは外に出て砂の上に座っていた。風はなかった。メイラの木から、岩の上にビー玉が当たって跳ね返るようなヨタカの声がした。ヨタカに何の意味があったのか？　あのとき聞かなければならなかったのは、何が迫ってきているのか、その巨大な宣告だったのに。私の世界の終わり。

私は結局クレージー・カラスを見つけることはなかった。ヴィクが最後の晩、クリスマスの夜に着たシャツを見つけた日に、私は探すのをやめた。それはライムグリーンの、綿のシャツだった。ヴィクが、着たくないと言って騒いだのを思い出した。長袖だったから。ヴィクは長袖が嫌いだった。スティーブが袖をまくり上げてやった。「ほら、かっこよく見えるよ」シャツを見つけたとき、それは棘だらけの藪の下にあって、半分砂に埋まっていた。私はそのぼろぼろの黄色い布切れが何なのかわからないまま、引っ張り出した。そして砂をはたき落とした。シャツの、塩水と太陽にさらされていない部分はまだ明るい緑色だった。片方の袖は、まくり上げられたままだった。

ヤーラへの訪問は、私がオランダ人一家に嫌がらせを始めてから、前ほど頻繁ではなくなった。その十二月、波から一周年になろうとしていた頃、私には新しい執着が生まれた。コロンボの私たちの家に、知らない人が移り住んでいた。オランダ人の家族だ。家をその一家に貸したことを初めて告げられたとき、私はそんなことをしたラジーブに激怒した。必死だった。私は叫んだ。そして説明した。あの家、あそこが私と子供たちとをつないでいる。子供たちが実在したことを教えてくれる。私はときどきあそこに戻って行って、中で体を丸くする必要がある。しかし弟はそんなことを全く理解しなかった。あの辛い場所にどうして這い戻らなければならないんだ？　もうあそこには彼らの存在は全くないじゃないか。それに弟はスリランカに住んでおらず、私は家を管理できる状態ではなかった。彼には家を貸す他に選択肢がなかった。

それでも彼にそのことを聞いたあと、私はベッドの木枠に頭を打ち付けた。何度も何度も自分の腕を噛んだ。

私はどうしようもない怒りで頭がぐるぐるしていた。私の息子たちが家から放り出された。他人が私たちの家の中にいて、そこにはびこり、ヴィクとマルを消している。私たちの庭に座りたい。息子たちが飛び跳ねた芝草を摘みたい。それができない？　こんなに何か月ものあいだ、生きなければいけないとみんなになだめられて、こんどはそんなこともできないのか？

オランダ人一家のことを聞いた夜、私は車で家まで行った。ひとりで行った。私は考えた。そうだ、こうしよう。正面の塀に車を突っ込む。車は炎に包まれるだろう。私は死ぬ。ふさわしいじゃないか。自分の家で自殺する。爆発と共に。かっこよく。

あの波以来、ひとりで運転するのは初めてだった。夕方で、コロンボの道路は殺気立っていた。私はハンドルを片手で握り、逆側から追い抜きをしながら走り抜けた。スティーブのザ・スミスの古いCDのうちの一枚をかけた。イギリスから来た友人が、私たちが聴いていた音楽を選んで持ってきてくれていたが、そのほとんどは聴くことに耐えられなかった。でもザ・スミスは聴いた。それは私たちの直近の生活とは関係がなかったから、あまり生々しく感じなかったのだ。スティーブが彼らにはまっていたのは、私たちがケンブリッジの学部生だったときだ。いま、私は車の中で「ゼア・イズ・ア・ライト・ザット・ネヴァー・ゴーズ・アウト」を繰り返しかけた。「もしも十トントラックが僕らをふたりとも殺したら、君の横で死ぬこと、そのよろこび、その特権は僕のもの」ああ、これは気高い。私は私たちの家のある通りに入った。

家に近づくと、私の足は計画通りにアクセルを強く踏みこみはしなかった。私はそこに住んでいたときと全く同じようにスピードを落とした。当時と全く同じように、表の門のところまで来て停まった。門は閉まっていた。私たちはこの時間はいつも門を少し開けていて、私が車で近づくと警備員が来て開いてくれた。彼はヘッドライトのまぶしい光で居眠りから起き、つっかけたサンダルでつまずき、シャツのボタンをはめながら、だらしない格好で走り出てきた。そんなことはもうない。門は閉まったままだった。

すべての寝室のカーテンが開いているのが見えた。電気がついていた。他の子供が、ヴィクとマッリの部屋にいる。他の子供が、二階で寝る用意をしている。いまは十二月だ。この、他の子供たちは、クリスマスツリーを飾るのだろうか？　私たちと全く同じ場所に置くのだろうか？

私の頭はハンドルの上に落ちた。そのまま数分間そこにいた。そして走り去った。

私たちの家の中に他人がいる。不気味だった。オランダ人の家族が、何事もなかったように引っ越してきて落ち着こうとしている。ばかばかしい木靴でも履いて踊りまわってるにちがいない。あそこにいさせるわけにはいかない、と私は誓った。私たちの家は神聖だ。取り戻さなければ。でも、どうやって？

怖がらせることができるかもしれない。追い出せるかもしれない。

そして私は毎晩そこに戻った。「ゼア・イズ・ア・ライト・ザット・ネヴァー・ゴーズ・アウト」は私のテーマソングになった。この曲の弾むようなビートで、運転のスピードが上がった。そしてもちろん、この歌詞。モリッシーは私のために歌っていた。「僕の家じゃない。彼らの家だ。僕はもう歓迎されない」いっしょに大声で歌った。

ザ・スミスと何杯かのウォッカに力を得て、私はもう外で静かに座ってはいなかった。車から降りた。門を強く叩いた。門は金属板でできていて、私が打ったり蹴ったりするとゴーンと轟（とどろ）いた。こんにちは、オランダ人のご一家。家の中は穏やかでいい感じ？ 平和な日曜日の夜？ 平和ってどんなものか私が教えてあげる。これでもくらえ。正面玄関が開く音が聞こえて、私は走り去った。それから十分後に戻って、また門を蹴る。彼らはきっと、心配し始めているだろう。ほんのちょっとだけ。毎晩のことなのだ。頭のおかしいやつがずっと門を叩き続ける。狼狽しているはずだ。そう考えることは、私をほんとうに満足させた。

ときには玄関の呼び鈴を鳴らした。午前二時に。みなさん、眠ってますか？ 長くは続かないよ、その眠りは。私がそうさせる。誰かが起きる気配がするまで、何分もボタンを押し続けなければならなかった。門までだらしない格好で走ってくる警備員はいなかった。私と同じようにアンビエン（睡眠導入剤）を飲んだにちがいない、と私は思った。二階の、かつて両親の部屋だったところに灯りがつき、私は車に戻ってクラクションを強く鳴らした。もしくは、窓を下ろして音楽のボリュームを上げた。またザ・スミスだ。今度は「ビッグマウス・ストライクス・アゲイン」。家の中からこれが聞こえますように、と私は言い、カーステレオが「お前なんかベッドで殴打されて当然だ」という歌詞を、私たちの家があるコロンボの静かな通りに叩き出した。

空っぽのブラーズ・ロードを、私は肩をそびやかして運転して帰った。そして声をあげて笑った。

私はにわかに、そんなに無力ではなく、主導権を握っていると感じた。スティーブは私がやっているこことを認めてくれるだろう、と考えた。オランダ人を怖がらせて追い払うこと。これにはけっこう想像力が要る。私にまだそれがあることをスティーブは喜ぶだろう。

車の中の暗がりにひとりでいると、家族についての思いを受け入れることができた。少なくともいくつかの瞬間には、それを鎮めようとしなかった。玄関の呼び鈴を鳴らすことは、スティーブが子供の頃、学校が休みのときに、イーストロンドンの公営団地をうろついてピンポンダッシュをしたという逸話を思い出させた。彼は息子たちに、この悪ふざけを私に仕掛けてみるように教えた。公園から戻ったときに私がいると、ふたりは呼び鈴を鳴らして、急いで隣りの生垣に身を隠そうとした。「しーっ、ママは僕たちだってわかってないよ」トゥンムッラの交差点を赤信号で通り過ぎながら、彼らの声が聞こえた。私はその声にたじろいだ。私は息子たちを求め、目の前の道路が見えなくなった。

オランダ人家族をいじめ始めてから、私の毎日は生き生きした。朝は、いまだに「みんな死んだ」と唱える声で麻痺状態になって目が覚めたが、私の精神は少しずつ回復した。私には夜の計画を立てる必要があった。ベッドに横になったまま企んだ。オランダ人を追い払うには真剣に考える必要があった。毎晩ちがう時間に家に行き、予測がつかないようにする。可愛いやつらに幾晩か息抜きを与えて、もう終わったかと思った頃にまた始める。

私は戦略を練りながら拳で貝殻を握っていた。あの家が貸される前に家の中で見つけたタカラ貝のひとつだ。そのつやつやの表面には、まだマッリの指先がある。

親戚や友人たちは、私の夜毎の襲撃を心配し始めた。何か月ものあいだ、私に部屋を出るように懇願していたのに、今度は車の鍵を隠そうとした。そして「家を借りてる人たちに嫌がらせしちゃだめだ。彼らに罪はない。彼らのせいじゃない」と訴えた。「お前は自分で自分の頭をおかしくしてるんだ」

ようやく。私は狂ったのだ。気に入った。そして、ほんとうは自分が錯乱しているとは信じていなかったが、そう振る舞う機会を歓迎した。あの波以来、私は従順すぎた。ベッドから動けず、つぶされて、無感覚だった。みんな死んでしまったときに、そんな状態でいるべきじゃない。わめき回っているべきだ。

私はオランダ人一家に電話をかけ始めた。夜、遅くに。初めはその番号を押すことを、自分の指に強要しなければならなかった。母に電話しているのではないことが信じられないというように、私の指はキーパッドの上で躊躇（ちゅうちょ）した。初めの何回かの電話では、オランダ人の男が応えても、私は何も言わなかった。「誰だ？　誰だ？」彼は訊き続けた。私がお届けする、ひやっとするような沈黙、と私は考えた。もっとひどいことの前兆だと思わせておけばいい。

両親の寝室の電話から、知らない人間が私に話しかけているということが、肌を引き裂くように苦しかった。ママがロンドンにいる私に、マッリの熱は下がったかとかビリヤニはうまくできたかとか聞くときに使った電話だ。もっと残忍にならなければ。私たちの家を解放しなければならない。

今度は、電話が通じたら邪悪な音を立てることにした。シューシュー、カサカサ、幽霊のような音をたてた。オランダ人はいまやもっと逼迫（ひっぱく）した口調になった。「何の用だ」彼は何度も何度も言った。「教えてください、何の用なんだ」

私の電話は親戚たちをさらにパニックに陥れた。あなたは逮捕される、と彼らは言った。でもヴィクとマッリは私の幽霊らしさにとっても感心するだろう、と私は思った。ふたりはハロウィンで怖い存在になるのが大好きだった。「ふう、ううう」という私の声音は、ヴィクの低い音程の遠吠えから拝借した。仮装パーティで、ヴィクはその声で友だちに楽しい悲鳴をあげさせていた。ハロウィンまでの数週間、ロンドンの我が家はぞっとするような声で震えた。いま、膝に電話を載せてベッドに座っていると、私がハムレットを演じて息子たちを興奮させたことを思い出した――「いまや夜も更け、魔の時刻」でもふたりがあまりにキーキー言うので、「教会の墓地は口を大きく開け、」というところから先に行けた例(ためし)がなかった。ふたりのことは考えたくない、と自分に言いきかせた。オランダ人に集中しなければ。

彼らをいじめ始めて一か月以上たったが、まだ彼らは出て行かなかった。もしこれが私とスティーブに起きていたら、私たちは速攻で出て行っただろう、と思った。もし毎晩毎晩どこかの女につけ狙われていたら、あの女は完全にいかれてる、危険を承知の賭けには出られない、とスティーブは言っただろう。ヴィクは「いかれた(ボンカーズ)」という言葉を使うのが好きで、私はよく彼を叱った。彼はあの最後の月に学校で書いた「狂うこと」という詩の中でその言葉を使っていた。いろいろな感情について習っているところだったのだろう。詩の出だしは、「狂うことは、頭の中でゼリービーンズが跳ねているようなこと」で、最後は「狂うことはいかれてて、いかれてるのは最高だ」で終わっていた。

あの波から一周年の日にスティーブの家族がコロンボに来たときも、私は自分の使命から注意をそらされることを拒否した。コロンボで追悼の会をすることになっていて、招待状が印刷されていた。私はその招待状の言葉をちらっと見ることもできなかったが、その一枚をオランダ人に送った。私がなぜ嫌がらせをしているか、まだわかっていないとしたら、これでわかるだろう。どうしてあの家にい続けるべきではないか、確実に理解するだろう。私の母校、レディーズ・カレッジのチャペルで行われた追悼の会で、私たちはザ・スミスをかけた。もちろん「ゼア・イズ・ア・ライト・ザット・ネヴァー・ゴーズ・アウト」。スティーブのために。

　私はオランダ人一家を追い出すことに成功しなかった。私の恐怖キャンペーンが始まって数か月後、彼らは電話番号──私たちの電話番号──を変えた。そしてその一周年のあとから、私はまたウォッカとアンビエンの靄の中で過ごし始めた。私はベッドに戻った。立ち上がる力がなく、運転して門を叩きつけに行く力はなおさらなかった。ときにはスティーブに腹を立てた。たまにはあなたがあの家に行けば、スティーブ。あなたなら彼らのベッドをがたがた揺らしたり、窓から吠えたりして、彼らに荷造りさせることができるじゃない。いつものように私に面倒な仕事をさせるわけね。どうして私が幽霊なんかにならなくちゃいけないの？

3

二〇〇六年、ロンドン

私はその部屋で目まいがしていた。信じがたくて卒倒しそうだった。姿勢が崩れないように、椅子の座面に掴まった。何が起こっているかはわかっていたが、全く受け入れることができなかった。ここはロンドン、と何度も自分に言い聞かせた。ポール・モール。ロイヤル・ソサエティの一室。そこが私のいるところ。その部屋に座っていた二時間のあいだずっと、私の目は、私の前にあるスクリーンを避けようとしていた。そこには「スティーブン・リッセンブルグ追悼講義」と書かれていた。スティーブ？

スティーブの研究所が企画した講義が終わった。私は演壇の話し手をぼんやり見つめることしかできなかった。言葉はほとんど聞こえなかった。それでも、その後のレセプションでは、集まった人たちと話しているあいだ、落ち着いていた。白ワインを一杯飲んで、うずらの卵を食べた。呆然としているようには見えなかったかもしれない。

いま私は友だちと、ロイヤル・ソサエティの近くにあるICAバーに来ている。ここに来るのは私のアイディアだった。スティーブとよく来ていたところだとは考えもせずに、私が提案した。

私がイングランドにいる？ その事実が把握できない。あの波からはもうすぐ二年が経とうとしていて、イングランドに帰ってくるのは初めてだった。でもここにいるという現実が私からすり抜けていく。私は集中できず、くらくらしている。そしてこのままの状態でいたいと思っている。あまりはっきりしすぎると壊れてしまう、と私は恐れる。この日の夜、講義に行くためにピカデリーを歩いていたらパニックになった。周りを見ないで、なんとかして見慣れたものを無視しようとした。ここにはほんの何泊かしかいない。自分が戻ってきたことに気付きもしないだろう、と自分を安心させようとした。そしてノースロンドンの私たちの家。考えただけで恐ろしくなる。その近くなどには絶対に行かない。

でもなぜかICAバーにいる？ そのことを意識したくなかった。スティーブと私は、カーゾン・ソーホーに映画を観に行く前にここに来ていた。ここでまず一杯飲んでから、リージェント・ストリートを歩いていった。映画館ではスティーブはいつもブラックのコーヒーを飲み、私はジンジャーとハチミツのアイスクリームを食べた。こういうことを考えるのはいますぐやめよう。だめよ、もう一杯飲む時間はないわ、と言ってしまいそうだから。映画は七時からよ。さあ、もう行かないと、スティーブ。

二〇〇七年、イングランドの田舎

光のせいだった。シュロップシャーのどこかの田舎道、三月初めの日曜日の、夕方五時の光の角度。日が沈む前の光がイチイの木に斜めに当たって、車の、私が乗っている側のサイドミラーでキラキラ光り、私の目をくらませた。道の両脇にあるサンザシの生垣が、この光で長い影を落とす。このあまりに馴染みのある光が、思いがけず私に忘れさせる。友人のデイビッドとキャロルといっしょにウェールズから車で帰っているところだということを忘れさせる。私を、スティーブがハンドルを握り、息子たちがうしろの席にいる、私たちの車へと送り込む。四人が乗る車は、イギリスの田舎道の穏やかなカーブを走っていく。それまで数え切れないほど何度もそうしたように。

三年のあいだ私は、自分の意識に「彼らは死んだ」と消えないように書き込もうとしていた。うっかりまちがえて忘れてしまうこと、彼らが生きていると考えてしまうことを恐れていた。どんなに束の間でも、そんなうっかりした瞬間から現実に戻るのは、ずっとそのことがわかっているよりも、まちがいなく辛い。でもいま私は、馴染みのある光によって、簡単に艫綱（ともづな）を解かれてしまっている。これは普段、用心しながら彼らを思い出しているのとはちがう。彼らに、私たちの生活に、私たちの車に、出くわしてしまった。これは失敗だ。私にはフロントガラスのちっぽけな星のようなひび割れが見える。車を買ったと思ったらすぐに、道から跳ね上がった小石がガラスに当たったのだ。私の足元にあるAA（イギリス自動車協会）の道路地図帳は踏みつけられてぼろぼろだ。ヴィクは私のうしろ、マッリはスティーブのうしろに座っている。ふたりのあいだには、空っぽになるまで飲まれてパックの脇が内側に凹んだライビーナが二つ。黒すぐりのジュースの最後の数滴がストローから垂れてシートに染みを作っている。それから、ふたりのうちどちらかが窓から投げ捨てていればアクセルの下に転がって腐ってしまうことはなかった、よだれだらけのりんごの芯。早く家に帰ってふたりの晩ご飯を作らなければならない。日曜日の夕方のあわただしさ。

道の脇にいたのは死んだキジだろうか？　息子たちはここにはいない。いたら気がついただろう。何か言っただろう。汚ねえ。かっこいい。パパ、いつ殺されたんだと思う？　彼らはいない。でも私は、彼らといるこの状態から抜け出したくない。私たちのメタリックブルーのルノー・メガーヌ・セニックの中に浮かんでとどまっていたい。どうしてこんなことを自分に許しているんだろう？　もうすぐ現実に這い戻らなければならないし、それは苦痛を伴うのに。デイブの車の眠気を誘う暖かさが、こんなふうに忘れさせるのかもしれない。私はもう一度、今度は自分からすすんで、失敗を犯す。

息子たちふたりはうしろで静かに座っていて、珍しくお互いの向こうずねを蹴り合っていないし、げっぷのコンテストもやっていない。ヴィクはムクドリの群れが勢いよく飛んでいるのを見つけ、バタバタする灰色が空を埋め尽くすのを目で追っている。でも彼がほんとうに見たいのはハイタカだ。それか、もっといいのは、ハイタカがカラスと喧嘩をするところだ。マッリはこっくりこっくりしている。いつも車ではこうなるけれど、いまは昼寝には遅すぎる。「ヴィク、マッリに話しかけて、起こしておいてちょうだい。いまうとうとしちゃうと今夜眠らなくなるわ」ふたりは玄関までの階段を駆け上がり、誰もいないのがわかっているのに呼び鈴を鳴らし続ける。どっちが先におしっこをする番か、喧嘩をする。スティーブが三人でいっしょにおしっこしようと提案し、ふたりは大喜びで従う。私はどうして誰かひとりが二階のもうひとつのトイレを使わないのか聞く。そして頼むからトイレ中にしぶきを飛ばさないようにと注意する。彼らは終わると青と白のハンドタオルで床をちょっと拭きあげ、またそれをタオル掛けに掛ける。水洗のごぼごぼぐるぐるいう音といっしょに、彼らがくすくす笑う声が聞こえる。でもそれは家に着いたとき。いまはまだ車の中にいて、息子たちはふたりとも靴を履かずに靴下だけで座っている。スティーブがふたりのどろどろの靴をトランクに放り入れたのだ。

マッリは新しいハイキング靴が自慢だ。パパの靴と同じ、茶色で厚底のティンバーランド。今日、森を歩いたとき、泣きごとを言ってだっこしてくれと頼んでこなかった。マル、あなたがいちばんいい靴を履いてるんだから、あなたが先頭で案内してよ、と私たちは言った。彼は靴のうしろの小さな赤いタグが電気みたいに光るから、どんなに暗い道でも迷ったりしないと言った。そして先頭に立ってきっぱりとした足取りで歩き始め、立ち止まったのは、でこぼこした坂道で靴底のグリップを確かめるときと、ブラックベリーを摘むときだけだった。今日はベリーはあまりなく、道端の藪にあるのはほとんど乾いた茶色の塊ばかりで、その中にちっぽけな紫色のビーズのような実が少しだけあった。息子たちはそれを慎重に摘んで、歯のあいだで潰したときの酸っぱさに顔をしかめた。ヴィクがイラクサを踏みつけ、スティーブは足にギシギシの葉をこすりつけて棘の痛みを止める方法をやってみせた。イラクサの近くには必ずギシギシの葉が見つかる、と彼はヴィクに教えた。今日はみんなで長い距離を歩き、マッリは新しい靴のおかげで、一度も戻りたいと言わなかった。

そして私は思い出す。靴。あの靴。あの靴を思い出し、心が縮み上がった。警察が、遺体の身元を割り出そうとしているときに、両親の家からあの靴をひとつ持って行った。DNA鑑定をするために持っていった。それを密封したポリ袋、大きなサンドイッチバッグのような袋に入れて返してきた。私は打ちのめされる。この一回だけ、家族が生き返ることを許したばかりに、あの靴が私を打ち負かす。それでも私は、彼らとぐずぐずいっしょにいたい。いつまでも私たちの車の中にいたい。息子たちを早く寝かしつけて「キャスリーン・テイト・ショー」（BBCで長く放送されていた人気コメディ番組）を見ようよ、と私はスティーブに言う。明日の講義の準備をしなくてはならないけれど、それはあとでもいい。私は何を言ってるんだろう？　「キャスリーン・テイト・ショー」？　それはあの頃まだやってもいなかった。あれは私たちの生活が終わったあとに始まったんだ。全部見損なったんだ。そして私は降参し、身をよじりながら現実に戻って来なければならない。でも、太陽の光がどんどん消え始め、外の空気が尖ってくる。春の初めはいつもそうだ。そして車のうしろの席から声が聞こえる。「ママ、明日は学校がある日？」そしてうしろを振り向くと……

4

二〇〇八年、ロンドン

それは黄鉄鉱のかけら。「愚か者の金（フールズ・ゴールド）」と呼ばれるが、ヴィクラムはいつも正式名にこだわった。彼は自分の岩石と鉱物の本でそれを調べていた。この小さな輝く塊は四年近くも前にヴィクが置いたのと全く同じところにある。遊び部屋のマントルピースの上。私はそれを手に取り、そして思い出す。彼はそれを科学博物館で買ったのだ。私たちの、ロンドンでの最後の週末だった。二ポンド使っていい、と言うと、彼はそれを選んだのだった。私の目は、この遊び部屋にあるもののひとつひとつに焦点が合わないが、このフールズ・ゴールドは見える。それから、いつものようにドアの取っ手にぶら下がっている、二つの赤い学校カバン。私は石を持ち上げて、手のひらできつく握る。でも学校カバンは触ることができない。二つのカバンはいまは外科用メスのようだ。

廊下で泣き叫んでからまだほんの少ししか経っていない。アニータが私たちの背後で玄関のドアを閉めたとたんに、私は階段の脇の床に、叫び声をあげて倒れこんだ。とうとうやった。あの十二月初めの夜にスティーブと息子たちと出て行ってから初めて、我が家に足を踏み入れたのだ。ほとんどぴったり三年と八か月前だ。この期間中ほとんど、私はこの家のことを不安と恐怖をもってしか考えられなかった。初めの数か月間、ベッドから起き上がれなかったとき、私はこの家を破壊して欲しいと願っていた。その痕跡のすべてを消して欲しかった。それから、もっとあとになると、それが私のためにそこにあること、私たちが残したそのままに保存してあることの保証を求めた。それでも同時にその存在が私を苦悶させた。そのことに触れるどんな会話にも尻込みした。そこを見ることを考えると身震いした。戻ることができなかった。家をちらっと覗くだけで、いまの状態よりもっとばらばらになってしまう。確実に。空っぽで荒れている。それが私たちの家のいまの状態だろう。でも廊下で震えたり喘(あえ)いだりしていたのがようやく治まり、息を整えるために手すりに寄りかかると、私の目は天井で留まり、はっとした。まるで私たちが全く留守になどしていなかったようだ。あそこの天井を取り巻くコーニス。今朝確かに、あれを見た。息子たちが階段を降りてきたときに。反対側の壁にある鏡が一瞬ふたりの顔を捉え、ふたりが五段目か六段目から飛び降りたときに。

そして私はすべての部屋に入り、床に座る。家は私たちが残していったままだ。ここにあるのは私たちの残骸だが、すべてが損なわれずにある。すべてが。私は当惑した。断片をつなぎ合わせることができない。彼らは死に、私の人生は切り裂かれている。でもこの中はいつもと同じように感じられる。まるで彼らが十分前にここを出たみたいだ。この家はリズムを失っていない。生き返らせる必要がない。この四年のあいだしばしば、私たちのここでの生活が現実ではなかったように、蒸発してしまったように、そして頭がおかしくなるくらい捉えどころのないものに感じられた。でもいまそれはこの壁の中から立ち上がり、呼吸のようにゆっくりと私に入ってくる。

この数年間、私は、私たちの所持品をほんのいくつかしか見なかった。ロンドンから来る友人が、あの初めの数か月のあいだに、いくつかのものをコロンボにいる私に持ってきてくれた。見ることに耐えられなかった、写真立てに入った何枚かの写真。寝るときに着て擦り切れてしまった、スティーブのTシャツ。隠してしまった、『おおきいあかいクリフォード』。そしていまここに全部がある。イメージが渦を巻いて、私をくらくらさせる。ほんの一握りしか把握することができない。

ここには、もちろん、私たちの不在と、すべてが終わったときの痕跡がある。二本のりんごの木の枝は、いま庭の幅いっぱいまで広がっている。もし私たちがいたら、刈り込んでいただろう。さっき庭の入り口に行ったら、キツネが驚いて柵の穴から隣の庭にぴょんと飛び出し、いまやテリトリーの侵入者である私をじっと見つめ続けていた。居間のラックにある黄ばんだガーディアン紙は二〇〇四年十二月第一週のもの。書斎の壁に貼ってあるのは、「スノーマン」のチケットのプリントアウト。二〇〇五年一月五日、ピーコック劇場のチケットだ。

私たちの寝室の床には、開けていないクリスマスプレゼントの山がある。いま思い出した。私たちがスリランカに発つ前の週末に、スティーブの家族がヴィクとマッリに贈ったものだ。「コロンボでたくさんプレゼントをもらうんだから」と私は息子たちに言った。「これは戻ってきてから開けたほうが楽しいよ」私は赤い封筒に入った、ヴィクが私の両親に書いたクリスマスカードを見つける。「アアッチとスィーヤへ。僕たちは十二月八日にコロンボに行きます。ヴィクラムとマッリより」私が、出かける前に出すのを忘れたらしい。そしてマッリが学校でつくった、二〇〇五年のカレンダー。小さな男の子ならではの集中力でつくられた、オレンジ色と金色の水玉の繊細なデザイン。私は切り刻まれる。

でもためらいながら家の中を漂っていると、ある穏やかさが、引き波のように私を引っ張り、ほんの少し、私を苦悶から引き離す。私はもう少しで、何も変わっていないという考えに潜り込むことができそうになる。私たちはまだここに住んでいる、という考え。遊び部屋ではいつものようにマッリの赤ちゃん人形が乳母車に座っている。マントルピースには彼の銀のティアラがのっていて、暖炉の脇には彼のピンクのバレエシューズがある。床にはA４の紙が何枚か落ちていて、ヴィクがそこに架空のクリケットの試合のスコアチャートを書いている。オーストラリア対ナミビア、ジンバブエ対インド、そして私をいらつかせるためにもちろんスリランカはいつも負けている。彼の本棚の上にある小さな布のバッジは、ロンドンを発つほんの数日前に八百メートルを泳ぎきってもらったものだ。私は、戻ったら海水パンツに縫い付けてあげると言った。ふたりの青い木の机には、マッリと私が書いた詩が置いてある。彼がギディミーノニーと名付けた、海の向こうに住んでいて鼻からサボテンが生えている、紫の耳の生きものの詩だ。その生きものの絵もちゃんとある。この遊び部屋の中で、彼らはこんなにも失われずにいた。

息子たちの靴はキッチンのドアのところにあって、まだ乾いた泥が付いている。スティーブがビーフカレーを作るときに使った陶器の鍋の中には、玉ねぎの皮まであった。午後の太陽の光が一筋、居間の赤いソファの上に落ち、いつものように、その光線の中に埃が漂っているのが見える。暖炉の脇の床には私がカンボジアで買った大きな銅の壺がある。マッリは一度その中におしっこをしたことがあった。私はその中に手を入れて、黒いチェスの駒をいくつか拾い出した。二階の私たちの書斎の床には死んだスズメバチがいて、もう一匹がカーテンの上をよろよろ歩いている。この窓の外にはいつも巣があって、私とスティーブは何度か刺された。息子たちの寝室では昨日の夜使われたように見える薬のスプーンに、熱冷ましのシロップの結晶がついている。ベッドの上には髪の毛が何本かある。私のではない。スティーブと、もしかしたらヴィクのものだ。バスルームには恐竜の形の歯ブラシが二本。洗濯物が入ったバスケットのいちばん上にはスティーブのサロンがある。

私は彼らをここに戻したい。ただここに戻したい。どんなにかここにいたいだろう。みんなこの家を愛していた。


これはまさに私が知っているとおりの我が家だ。そしていま私は、自分がほっとしていることに気がつく。彼らはここにいないし二度とここに来ることはないのだから、これは自然でもいつもどおりでもない、と私は自分に抗議するが、それでもここは自然な感じがする。ここに帰ってくる前、私は、私が忘れてしまったものたちに攻撃されると思っていた。でも私を驚かすものはない。私は身構えて、二階のタンスを開ける。思い切って彼らの服を見ることができるだろうか？　確実に何かが私を襲うだろう。注意深く、私は次々に扉を開け、次々に引き出しを開ける。でもすべて知っているとおりだ。引っ張り出して、これは覚えていないと思う一足の靴下さえもない。そしてそこらじゅうを引っ掻き回してから、私の目は、ヴィクの白い学校のシャツで留まる。それはきれいに洗われてアイロンをかけられ、ハンガーで辛抱強く待っている。私たちがロンドンに発つ前の晩、彼は学校のクリスマスコンサートでこれを着た。私はためらい、そしてシャツをハンガーから外して手に持ち、柔らかい感触を感じる。このすべてが、いまはそんなに恐ろしくはない。

あの頃、ひとりで家にいる時間をどんなに楽しんだか。私は家で仕事をしていることになっていて、息子たちは学校に、スティーブは職場にいるような日。私は家の中をうろうろし、洗濯物を干し、お茶を入れ、ときには庭の物置を打って穴を開けるキツツキを見張った。そしていま、私たちの生活が終わったあとに、私はここにいる。居間の床に座り、ソファにもたれ、伸びすぎたりんごの木のてっぺんを見つめていて、あの頃と同じような平穏が私にこっそり近づいてきている。そして私は気がつかないうちに、昔の習慣に入っていく。

私は少し片付け始める。ものを、あるべき場所に、というか私があるべきだと思っている場所に置いていく。ヴィクのクリケットのバットがどうしてぬいぐるみの山の上にあるんだろう。私はそれを取り上げ、ボールやベイル（クリケットのウィケットのパーツのひとつ）の入った箱の横に立てかける。そこが正位置だ。そしてパペット人形はマッリの衣装とかと同じところへ。ラジエーターの近くにあるバスマットは、シャワーの近くに置く。この洗濯物は洗ってある。畳まなければ。私は籠を息子たちの部屋に持っていく。そこで私は自分を制止する。何をやっているのだろう？　誰のために家を整えているのか。彼らは帰ってこない。バカなことをするな、こんなことは狂っている。

でも私はやめることができない。キッチンに行って冷蔵庫のスイッチを入れる。ブーンという音がしていないと変な感じがする。何の理由もなく薬缶（やかん）でお湯を沸かす。流しのところの水切り台には薄い木のプレースマットが二枚ある。この家での最後の夜に私とスティーブが使ったものだ。私はそれを拭き、棚に重ねる。そしてテーブルの上にある褪せた青色の小さなプラスチックのボウルを拾い上げる。その日のもっと早い時間、私が初めて庭に足を踏み入れたときに、私とアニータは芝生の真ん中でそれを見つけた。一目でそれが何なのかわかった。ヴィクが生まれて数か月のとき、初めて固形のものを食べたボウルだ。赤ちゃん用のご飯を水と混ぜたものを、ひと匙（さじ）。きっといつのまにか庭用のおもちゃになっていたのだ。そんなことを気にすることもなかったのだろう。アニータはそのボウルを芝生の上で見つけて驚いていた。昨日の晩はここになかった、と彼女は言い張った。前の日に庭師が草を刈ったあと、彼女は庭を歩いていた。だからそれを、夜遅くなってからそこに持ってきたのはキツネにちがいない。

私はその土にまみれたボウルを見て、ヴィクが初めての食べものを頬張ったあと、ぺっと吐き出して、手足をばたばたさせたのを思い出す。そして、急いで外に行ってそれを所定の場所、他の庭用のおもちゃが入っている物置に仕舞うことはしない。いまこれを家の中に置いておいても、狂っているとかばかばかしいということはないだろう。

サラ、ニルー、フィオヌアーラと私は、キッチンのテーブルを囲んでいる。どんよりした秋の午後で、ときどき太陽があたりの灰色に穴を開ける。私たちはお茶を飲み、ダークチョコレートを少しずつ齧る。それが私たちを少し回復させることを期待しているのかもしれない。私たちはまだ動揺している。一時間前、彼女たちがひとりずつ玄関の呼び鈴を鳴らし、私がドアを開けたとき、私たちは泣き止むことができなかった。ほぼ四年ぶりに、私たちはロンドンの私の家に集まっている。

これは私たちがしょっちゅうやっていたことだった。あの頃。私たちの子供たちは、いつもお互いの生活の中に存在していた。ノアとアレックスとフィニアンとヴィクラムがたぶん一歳くらいのとき、ベビーカーを押して近所の図書館のお話の時間に連れて行ったとき以来ずっと。そしてその後何年にもわたって、子供たちがいっしょに学校に通うあいだ、私たち四人は定期的に集まり、近況を伝えあった——仕事のこと、家のこと、その週にドンマー劇場で私とサラが見た芝居のこと。私たちの周りを子供たちが駆け回っていることもあったし、いないこともあった。私がネパールのマクロ経済政策の論文に使うべきだった貴重な学校で過ごす時間は、すぐに楽しい噂話の犠牲になった。

　いま私たちは、そのすべてが終わってしまったあとで、その同じキッチンにいる。これは私が二度とやらないと思っていたことだ。この家に二度目の訪問をして数日間滞在することを決めたときも、これは計画の一部ではなかった。ひどいことになる、あまりに慣れ親しんだことをするのは耐えられないだろう、と考えた。でも帰ってきてほんの数時間のうちに、私は電話で友だちを呼んでいた。それからパニックになった。これはこの四年間にロンドンの街中で会ったときとはちがうことになる。あの環境――フォイルス書店のカフェや、セント・ジョンズ・ウッドのトルコ料理店――では現実をいくらかは遠ざけておくことができた。でもここ、私の家では、私は失った生活に近寄りすぎて壊れてしまうだろう。

　そしてその予測は正しかった。みんなでここに座っていて、私は、何も変わっていない、誰も死んでいないという考えにうっかり入りこんでしまう。今日はフィオヌアーラと私がスポーツ会館のサッカー教室に息子たちを連れて行く午後だ。おかしなことになぜか、バスケットボールを終えたばかりの半裸の若い男たちでいっぱいのロッカールームを通り抜けなければならないのだが、別にそれに文句はない。それから私は自分に言い聞かせなければならない。あの生活は終わった。でもそんなことがあるだろうか？　ここに座っていると、そんなことはあり得ないと思う。薬缶から昇る蒸気が、流しの上の窓に向かって流れていく。いつもそうだったように。水道の栓は、ぎゅっと余計にひねらないと水が垂れる。息子たちの泥のついた靴を、キッチンのドアの脇に確認する。まるでふたりが入ってきたばかりのようだ。そしてこのキッチンのテーブルについている、マッリの緑とピンクのカラーペンの跡は、ゼリービーンズみたいに明るい色だ。

友人たちはこの家を、以前と変わらず、穏やかで居心地がいいと感じている。彼女たちはここに戻ってくることに緊張していた。自分たちがどう反応するかわからなかったのだ。彼女たちはもう何年も、この道を車で通るたびに目をそらしてきた。今日ニルーは庭を見て、そこであった息子たちの誕生パーティの様子が蘇り、ショックを受けていた。いま私たちは、チョコレートをもっと食べながらそのパーティの話をする。ヴィクが隣りの家の窓にボールを蹴り入れたことを思い出して笑う。

私たちは笑い、私はおちつかなくなる。ガラスが砕ける音を聞いたとき、みんなでちょうどこの場所に座っていたのだ。どうしてこんな軽さを感じているのだろう。これは確かに昔みたいなひとときだ。それでも耐えられる。楽しんでさえいる。それから私は自分に警告する。あんまり居心地良くなってはだめだ。マッリがピンクのチュチュを着てあの椅子の上に立ち、木のスプーンについたケーキミックスを舐めることはもうないということがわからないのか。スティーブが七時に玄関から入ってくることはない。廊下のテーブルの上にポケットの中身をカチャカチャ出す音はしない。隣りの家の窓が割れることはない。それでも私は、私たちの生活の暖かさの中にもう一度入り込むことで安心していた。現実があとで私を襲うことがわかっていても。

そしてやっぱりそれは襲ってくる。夜、家の沈黙に耐えられない。私は音楽の音量を上げ、泊まっていくサラと大きな声で話をする。それでも静けさが繰り返し壁から跳ね返ってくる。気がつくと息子たちとスティーブのたてる物音がしないかと聞き耳を立てている。客間の棚には半分食べかけのチョコレートの箱がある。母とヴィクがベッドでひそひそ話している声が聞こえそうだ。ふたりはそのチョコレートに手を出していて、この子はもう歯を磨いたのだという私の抗議を母は無視している。私は遊び部屋の静寂に呆然とする。電気をつけ、床に星形の金紙がキラッと光っているのを見つける。それはまるで宇宙全体が足元にあるようだ。

ベッドに横になると、彼らの不在という力が私を襲撃する。シーツは私とスティーブが最後に寝て以来替えられていない。洗濯する気になれなかったからだ。私は夜じゅうくしゃみをする。スティーブのサロンが窓際のエクササイズバイクに掛けられたままになっている。でも私の頭の下に彼の肩はない。スティーブの枕の上、彼が四年も触っていない枕に、まつ毛が一本ある。

私は見ることができない。キルトを顔まで引っぱりあげる。それでも私には、私たち四人が日曜日の朝早く、このベッドにぎゅっと入り込んでいるのが見える。息子たちは爪先立ちでそっと部屋に入ってきて、出せる限りの大声で、今日が天気のいい日だということを宣言する。私が無視すると「人間てどうしてこんなに寝なくちゃならないの？」とマッリが尋ねる。「人間」というのは大人を指す彼の言葉だった。私たちはそれを訂正しないで、自分たちだけに通じる、意味がねじれた言葉の仲間に加えた。いまその言葉たちが、口にされないまま、この部屋に漂っている。そして私は警戒している。思い出をまた起こしたくない。この夜の、こんなにも静かな中では。そしてこの埃だらけのシーツがありがたい。少なくとも、くしゃみが私の気を紛らわせてくれる。

朝、私は床板がきゅうきゅういうのを聞く。サラだ。もう起きている。私はスティーブが六時頃床をきしませて歩き回るといらいらした。バスルームと書斎を行き来し、コンピュータを立ち上げ、前の晩のＮＢＡの結果をチェックしている。いまはその音が私を狼狽させるかと思ったが、今朝はどういうわけかその聞き慣れた音にすがっているのに気がつく。その音がなぜか私を落ち着かせる。

早朝の光が射し、私は庭に足を踏み入れる。露でびっしょり濡れた芝を裸足で歩くことが、いつも大好きだった。秋は蜘蛛の季節で、低い藪は蜘蛛の巣でキラキラ輝いている。スティーブと息子たちは蜘蛛に餌をやった。注意深く絹の糸の中に生きた蟻を置き、蜘蛛がそれを脚のあいだに捉えて、やわらかい塊になるまで搾るのを見て驚嘆していた。「見たかい、蟻のジュースをミルクセーキみたいに吸っただろう」とスティーブは息子たちに言った。特に精巧な蜘蛛の巣があるときには、彼らは私に、庭に水をやるときに破壊しないよう求めた。

そして今朝、つるバラに素敵な蜘蛛の巣がある。とても目立つ、複雑な巣だ。でも彼らにはそれを見ることができない。それなのに私がそれを見て、すごいという気持ちに襲われるのは、まだ起きたてでぼんやりしているから？　私は不思議に思う。でも同時に、少なくともしばらくのあいだは、この家に、ここの暖かさと安らぎに、何度も戻ってくることを確信している。小さなカタツムリがパティオのテーブルをゆっくり横切って進んでいる。その体の熱が、夜のあいだにテーブルにちりばめられた霜の玉を溶かしている。通った跡に、濡れた道を残している。彼らが見たらすごく心を動かされるだろう。

5

私はベッドの隅に縮こまる。ほとんど頭を上げることすらできない。お腹がぎゅっと締め付けられ、心臓は逸り、右手が左腕をあまりに強く握っているのが痛い。全身が震えている。少なくともそう感じる。彼らにもし私が見えたらどうだろう。慰めようがないほど悲しむだろう。

私はこの数か月暮らしているニューヨークのアパートから、何日も全く外に出ないでひとりでいる。この新しい街に突然現れた冬らしい明るさを直視できない。学校から楽しげに散り散りに駆け出して行く子供たちに耐えられない。小さな男の子の頬のえくぼが我慢できない。ちくしょう、スティーブ、と私は枕でめそめそする。なんて役立たずなの。どこにいるか知らないけれど、これ何とかしてよ。もう私を殺してもらってよ。もうたくさん。

私は、コロンボの叔母の家でベッドに倒れていた、あの初めの数か月のようになっている。でももう四年が経っていて、私は自分の中のこの濃密な恐怖に驚いている。それは最近、十月の終わりに、ロンドンの家にいたときに突然襲ってきた。ある夜私は、自分がそれまでの生活からいとも簡単に放り出されたのだということを、新しい、恐ろしい強さで感じた。

その夜は風が強かった。私はスティーブの机の上にある書類をあさっていた。私のうしろの窓が震えていて、背中に隙間風を感じた。私たちの書斎はかつてより片付いていたが、コンピュータのスクリーンはいつもと同じように傾いていた。昼間、窓の外に広がるギンヨウカエデの枝がそこに反射して眼を細めさせたりすることがないように。その部屋で仕事をするときはいつもジャズが流れるFM局を大音量で流していた。でもその夜は音楽はなく、風だけだった。

机にはいつものスティーブのものが積み上がっていた。何かの係数に青いインクで丸が付けられている何ページも何ページもの経済モデルの書類、チェスの本、『ウィスデン・クリケット年鑑』、床屋の予約カード。私は引き出しに入っていた彼の小切手帳を親指でめくった。彼はロンドンでの最後の日に三枚の小切手を書いていた。庭師と牛乳屋と息子たちの給食費のものだ。給食費、というこの単語で十分だった。私は粉々になった。

ひとつには、私の脳はこの何年も、この言葉を呟くことすらしていなかった。どうして忘れることができたのだろう？　どうやってシャットアウトしていたのか？　いま、私たちの毎日の会話が聞こえた。ヴィクが私に、今日も昼食がソーセージだったと言っている。マッリは私に野菜は食べたのかと聞かれて肩をすくめて歩き去る。そしてスティーブが私がいまいるところに座って、いまも机の上にあるペンで小切手にサインをして切り離し、ヴィクの学校カバンに入れているのが見える。その給食費の請求書が何日もその辺に置きっぱなしなのを見ても、私は彼がなんとかすればいいと思ってきっと放っておいただろう。学生の論文を読む手をしょっちゅう止めては、ガーディアンのウェブサイトで映画評を読んだり、夕方の太陽光線を浴びて道の向かいの家の赤レンガの煙突が燃えあがっているように見えるのを眺めたあの机に座ったときに、それを拾い上げただろう。

でもその夜私を襲ったのは、単に給食費のような平凡なことを忘れていたということだけではなかった。スティーブの小切手帳の、切り取られた半券の束をじっと見ていると、私たちが持っていた生活、あまりに多くのことが予測可能で、続いていくことが当然と思っていた頃の調和と安心の中に、少しのあいだ捉われた。スティーブが片付けなければいけない請求書はこれからもまだたくさんあり、彼がそれに集中しているあいだ、気が散った私が眺める夕日もまた幾度でもあるだろうと思っていた。その夜、窓に風が吹き付ける中、私は自分のシェルターをほんの一瞬で失ったのだということを悟った。それまでも、この事実から逃れられてはいなかった。まったくそんなことはない。それでもその瞬間、そのことがあまりにはっきりして、私を圧倒した。そして私はまだ震えている。

私のこのめちゃくちゃな状態を彼らが見たら絶対にあきれ返るだろう。これは私じゃない。彼らといたときの私ではない。私はあのときの私を見ることができる。ロンドンからコロンボに向けて発ったちょうど四年前の今日。十二月の八日。スティーブがあの小切手を書き、私たちがヒースロー空港のターミナル4から飛び立った日。何もかもうまくいっていた。私にはちゃんと段取りができていた。スティーブと私は、三日間をふたりだけで、海岸沿いの小さなホテルで過ごすことを楽しみにしていた。息子たちは祖父母のところにおいて、彼らがふたりを甘やかすのに任せる。私たちが泊まるのは、巨大な窓が海に向かって三方向に開き、速まる波が岩に当たって鳴り響く音が夢にまで入り込んでくる部屋だ。それから私たち四人と私の両親でヤーラに行く。お母さんゾウがジープの横をこすって通るとき、そのお腹の下に隠れて足音を立てずに歩く赤ちゃんゾウを見て、息子たちは心を奪われるだろう。スティーブと私は、息子たちがディズニーランドに行きたがらないことがありがたかった。

いま、ベッドの上で震える私に、その確かさは全くない。私は自分のみじめさにたじろぐ。こんなに落ちてしまった。彼らがいたとき、彼らは私の誇りだった。いま彼らを失って、私は恥ずかしさでいっぱいだ。私はずっと破滅する運命だったんだ。目を付けられていたんだ。私の何かがとてもまちがっているにちがいない。これが初めの数か月、ずっと考えていたことだ。そうでなければなぜ、あの波が来たときにちょうどそこにいなければならなかったのか？　私がこんなぞっとする話の主人公となり、めちゃくちゃな統計的異常値にならなければいけない理由がそれ以外にあるのか？　そうでなければ、私は前世で大量殺人を犯していて、いまそのツケを払っているのだと推測した。そして時間が経ち、そういう可能性を考えないようになっても、私の中の羞恥の感覚はとても大きく残っている。

クリスマスが近づいて、息子たちが興奮で舞い上がっているところに私は加わることができない。息子たちはキッチンのテーブルで、この一年間口をきいてもいない子供にクリスマスカードを書いたり、サンタに欲張りなリストを作ったり、していない。私はそういう、私たちにとってあたりまえだったこと、他の無数の人たちにとってはいまでもあたりまえなことをすることができない。そして私は失格である自分にたじろぐ。これは、彼らがいないことのわかりやすい悲しみとは、はっきり別のものだ。

そして私は、ブリーカー・ストリートの店先のクリスマスのディスプレイから目をそらす。魅惑されるマッリがここにいないから。私たちの最後の十二月、フォートナム＆メイソンの外の、チリンチリン鳴っている「くるみ割り人形」のディスプレイが見えるように、ロンドンの雨の中で私はマッリを抱え上げた。でもいま、運のない母親である私の腕はからっぽだ。私は道を渡り、アパートの近くの歩道に並べて売られているクリスマスツリーの匂いを避ける。それでも、うちの近所のフライアーン・バーネット・ロードでクリスマスツリーを売る男を思い出してしまう。サンタの帽子をかぶって大騒ぎしながら売っていた。ある年、彼は私たちにツリーといっしょに赤い金属のスタンドも売りつけた。「奥さん、これはとても頑丈でね、永遠に使えるよ」と彼は言った。最近、あの赤いスタンドを見た。うちの庭の物置にまだ置いてあった。騙された。ぐらぐらするのだ。

私の恥の意識は、浅薄なものに感じられた。負けてすべてを失っていることからきているだけだ。でもそれは事実そこにあって、退こうとしない。ロンドンの家へのあの訪問で過ごした時間は、その意識で染まっていた。私は息子たちの衣装ダンスの中を見た。ふたりはもういまでは大きくなって、この服を着られなくなっているはずだった、と私は考え、それは私の敗北のように思えた。その週は学期半ばの休暇で、子供たちがトランポリンで跳んでいる声が近所の庭を満たしていた。私には家の中の静寂しかなかった。これがいまの私。私たちが営んでいた生活の周りでぐずぐずしている。

コロンボにはもう我が家がない。彼らが不在の家さえもなくなった。私はあの空間に癒されたいと願い、疎外感を覚える。コロンボに戻り、その近所を車で通ると、私は冷や汗をかき、吐き気がした。あの門を通り抜け、私が子供時代を過ごした家に入ることができないということが、納得できない。私は道に空いている穴を全部知っていて、私の足はそれを無意識に思い出しながらクラッチを踏み、ギアを変える。あの家に関する記憶には一点の曇りもない。でも私はそこから追い出されたように感じる。彼らを失ったときに私の尊厳も失った、と私は考え続ける。

私は、人が正視することに耐えられない、考えられない境遇にいる。折りに触れて、そう聞く。ある友だちは、人にあなたの話をしたら、ほんとうのことだと信じないし、あなたの状態を想像できないのよ、と言う。そして私は自分が、人が想像もできないような状態で遺されていることに縮み上がる。同時に、これは実際どれくらい信じがたいことなのかと不思議に思う。ときどき、私が自分の苦悶を話すと無神経な親戚が立ち去ることがある。私は、自分の痛みが異様であり、他の人に受け入れられないということの屈辱でくらくらする。

なんてつまらない人生だろう。彼らの素晴らしさに飢えて、自分が縮んでしまったように感じる。彼らの生命力、彼らの美しさ、彼らの微笑みがなくて、衰えてしおれている。あの波の前の日の私とは全くちがう。みんなでジープのうしろの座席に座り、若いオスのヒョウがパルの木の枝のあいだを跳び、周りの高い枝からそれを嘲っている猿の群れに対してとても落ち着いて軽蔑したような態度を取っているのを見ていた、あの日。その近くを、ハリオハチクイの靄のような群れが、埃でいっぱいの光の中を漂うように飛んでいた。いまでも、ときどき、あの鳥たちが上昇するところを呼び起こすことができる。それは少しのあいだ、私を恐怖と羞恥から引き離す。

飛行機の隣りの席の女性が私に質問をする。私はできる限り短い応えを返す。そして寝たふりをする。ニューヨークからコロンボまで、二つの長いフライトを乗り継いだのだ。それでも女性はやめない。「子供はいるの?」「いいえ」「結婚してるの?」「いいえ」「まあ、そんなに仕事に打ち込んでいるのはいいことね、そうでしょう? きっととっても頭がいい子なのね」子? それに私は仕事のことは何も話していない。私は礼儀正しく微笑む。どうして話したくないということがわからないんだろう。私は彼女の人生に興味のかけらも示していない。「ご両親はコロンボに住んでいるの?」「ええと」私はまたうとうとするふりをする。私たちはインド洋に向かって高度を下げ始める。彼女はもっと快活になる。「ああ、そうか、クリスマスに家に帰るのね。家族で素敵なクリスマスなんじゃない、そうでしょう? いいわねえ」その頃には私はもう頑張っても弱々しい半笑いをつくることしかできない。「それであなたの家族はクリスマスは何をするの? 大きなお祝い?」もう、おせっかいなおばさん黙れ、と私は考える。もし私が話したら、たぶんあなたは気絶する。酸素マスクを引き寄せなくちゃならなくなるだろう。

私は話すことを避ける。私は公表できない。私の異様な真実。全く予想していない無邪気な人にどうやって話せるというのだろう。「私のストーリー」を知っている人には、遠慮なく話す。スティーブ、子供たち、両親、あの波のことを。けれども他の人とのあいだではそのことを、真実を、隠す。誰かにショックを与えたり、動転させたりしたくないから、秘密にしておく。

でも会話に慎重になるのは私らしくない。私がファーマーズマーケットやマスウェル・ヒル・ハイ・ストリートで、またも誰かとおしゃべりするために立ち止まると、スティーブとヴィクはにやにや笑って眉をあげた。（その人もまた知り合いなの？）なのにいまの私は、私の現実について無知な人とは距離をおく。せいぜい曖昧にする。自分が嘘つきのように感じるときもある。それでも誰かにいきなりそれを突きつけることはできないと思う――それは恐ろしすぎる。大きすぎる。

すべての人に正直でなければいけないと思っているわけではないし、他人につく、たわいのない嘘は気にならない。でも何度も繰り返し会っていて、お酒を飲み、冗談を言い合っているのに、それでも知らない人がいる。彼らは私の明るい面を見ている。そして私は人を欺いている自分を責める。私は自分のストーリーの半分、両親のことかスティーブのことすらも明かさない。それがどんな話につながっていくかわからないから。

告白しないのは、まだ私自身が、起こったことをこんなにも信じていないからだとも思う。私はまだ愕然としている。自分に真実を言い聞かせなおすたびに唖然とするのだから、他の人ならなおさらだろう。だから私は手間を省くために回避する。私は自分がその言葉を言うところを想像する――「私の家族、全員死にました。一瞬で消えました」――そしてくらくらする。

その秘密主義が私に何も良いことをもたらさないのはわかっている。それはたぶん自分のことを異様に感じる感覚を悪化させている。私のストーリーが忌まわしいもので、ほとんどの人が共感できないものだということを、私に再認識させる。

私は、おそらく私のことをかなりよく知っていると思っている友人とコーヒーを飲む。彼にとって私は、ロンドンの勤務先であるSOAS（ソアス）（ロンドン大学アジア・アフリカ研究学院）から長期休暇をとり、コロンビア大で研究をするためにニューヨークに来ている、というだけだ。彼は私が気楽な研究者だと思っている。おしゃべりをしながら、自分自身この話をほとんど信じていることに気づく。自分のごまかしにあまりにも慣れてしまったのだ。これは狂ってる。この見せかけの私。話してしまうべきだ。それはもう口先まで出かかっているが、私はそれを押し戻す。


今朝はティーバッグが切れていた。私はぼんやりした目で、トワイニングのイングリッシュブレックファストティーの赤い箱の中を、昨日の夜は空っぽではなかったと確信しながら見つめた。もう一箱ないか戸棚の中をひっかきまわしたが、見つからなかった。他のお茶はたくさんあった。ウーロン、ジャスミン、カモミール、それから煎った茶色の米が入っている日本のお茶。でもそんなお茶は朝には飲めやしない。こんなことは以前なら起こり得なかった、といらいらした。うちでは、紅茶を切らすことは絶対になかった。たとえ私が紅茶の缶を開けて、そこに香りのする粉々の断片がぱらぱらとあるだけだったとしても、スティーブが店にぱっと買いに出てくれた。彼は速攻で帰ってきた。私が朝いちばんで大きなカップに二杯飲まないと頭がはっきりしないのを、彼は知っている。今朝私は空っぽの箱をぐしゃっと潰してごみ箱に投げ入れた。さてどうしたらいいんだろう。出かけてティーバッグを買ってくるのか？　いつもスティーブがやっていたことをやらなければならないという現実を受け入れることを拒み、私はほんの数分のところにある八番街の食料品店に自分を連れ出すことを拒否した。そして薬缶を火にかけて、マグカップに沸騰したお湯を注ぎ、不機嫌にすすった。彼らなしでどうやって暮らせばいいというのだ。

スティーブは、大抵は日曜日の午後に、息子たちを買い物に連れていった。あの波のあとの初めの数週間、私の心が彼らの顔を見つけられないでいたとき、私が思い浮かべたイメージのひとつは三人がスーパーマーケットから帰ってくるところだった。息子たちが甘いお菓子を巡って小競り合いをしている。そして今日は日曜日で、もし買い物に行っていたら、ヴィクは自分の公平な取り分以上を主張しただろう。今週は彼の誕生日だったから。彼は十二になるはずだった。

十二年前のこの時期、私とスティーブはヴィクが生まれるのを待ちきれずにいた。異常に活発な男の子は私のお腹を休みなく左右に揺らしていて、初めの数か月はわくわくしたとはいえ、私は疲労困憊していた。それにあの最後の数週間、全身を覆っていたちくちくする発疹を抑えるためのカラミンローションで肌がパリパリになっているのがとても嫌だった。私の両親はロンドンの私たちのところに来ていて、初めての孫に興奮していた。ママは、生まれた時間を何分何秒かまで正確に書き留めないといけない、と何度もスティーブに言っていた。コロンボにいる彼女の占星術師が、おおよその時間では正確なホロスコープを描けないからだ。

ヴィクは緊急の帝王切開で生まれた。一気に助産師や医者が来て、背骨へ注射が打たれた。定期健診で病院に行っただけだったのに、彼の心臓の鼓動が危険なほどゆっくりなのが見つかったのだ。スティーブは、そのとき感じていたとあとで私に告白したパニックをうまく隠していた。私は動じていなかった。あの計測装置、信頼できないに違いない。ここまできて悪いことが起きるはずがない。執刀医がぐいぐいひっぱったりしているときに私は寒さで震え始め、それは麻酔薬のせいだと言われた。スティーブは自分の手で私の手を温め、そのあいだも時計をちらちら見ることを忘れなかった。「髪の毛がいっぱいだ」と、まだヴィクが取り出される前にスティーブは言った。そしてその少しあとに、私たちふたりはその魔法のような髪の感触を手のひらで感じていた。

息子たちは私のお腹の傷跡を指でなぞって、自分たちがそこから出てきたということにびっくりしていた。それに触発されてマッリはマミーになりたがり、人形を小さな毛布でくるんだ詰め物をTシャツの下からはみ出させていた。ヴィクの、男の子は赤ちゃんを産めないんだという異議はきっぱり無視された。マッリが生まれたときのロイヤル・フリー病院は穏やかで、計画的な帝王切開だったからばたばた走り回るようなことはなかったけれど、スティーブは時計を確認するのを忘れた。正午を何分か過ぎた頃、と、彼はぼそぼそとママに伝え、それは彼女の占星術師のチャートのためにはぜんぜん正確性が足りなかった。二歳のヴィクは生まれたばかりの弟をしばらく見つめて、「マッリ」とつぶやき、そのあまりに優しい声は、いまでも私の胸を動かす。マッリはシンハラ語で「小さい弟」という意味だ。ニキールという名前をつけたけれど、私たちはいつも彼をそう呼んだ。

いま、その日の私たちが見える。なんという至福。マッリが私の上で眠っている。ヴィクはすぐに自分の小さい弟に飽きて、病院の外で鉄の棒を積み上げているクレーンを見るために私のベッドの手すりに危なっかしくよじ登っている。スティーブは喜びすぎて、ヴィクが落ちるのではないかという心配もしていない。ボルタレンの座薬が私の傷の痛みをいい感じに麻痺させている。いま私はあの日のことを考え、彼らが一瞬で私から切り離されたこととの折り合いをつけられない。

私たちはあの波の前日、ウィーラの木の下でジープに座り、サイチョウががあがあ鳴きながらあたりを飛び回る中で、誕生日について話した。ヴィクはあと数か月で八歳になるところだった。マッリは毎年ヴィクの誕生日が自分よりも早く来ることにいらいらしていた。彼は自分が八歳になるのはいつなのかと聞いた。スティーブは、まず六歳にならなければならない、それから七歳、そうしてようやく八歳だと説明した。「僕が八歳になるとき、ヴィクもまだ八歳？」スティーブは、そのときヴィクは十歳だと白状した。マッリの「ああ、どうしていつも僕の方が下なの⁉」という叫びでサイチョウが飛び立ち、私たちも車を出した。

ヴィクの八歳の誕生日は、あの波から三か月もしないで巡ってきた。私は精神の大混乱の中にいた。ヴィクが死んでいる？　誕生日に彼はカメラと新しいクリケットのバッグを欲しがっていた。

私は最近になってヴィクのクリケットのバッグを開けた。四年と数か月、それを避けていた。バットを見ると、どのへこみにも、彼の手が完璧な打球を求めて頑張っているのが見えた。赤いボールには草と泥がぱらぱらとついていた。彼は一度、庭でスティーブに向かって投げて、もう少しでスティーブの中指を骨折させそうになったことがあった——僕のせいじゃない、パパがグローブをつけなかったのがバカだったんだ。バッグの中にはヘルメットと膝当てパッドと汗で汚れたガードと、黄ばんだ白いグローブが入っていた。そのすべてに混じって、一枚の葉があった。先の尖った濃い茶色の小さな葉で、なんの葉かはわからない。乾いてパリッとしていたが完全な形で、糸のような葉脈とギザギザの縁がこんなに何年も経っているのに傷んでいなかった。拾い上げると少し砕けて、手のひらに破片が落ちた。これはどこから来たんだろう？　うちの庭？　それともハイゲート・ウッドかもしれない。スティーブとヴィクはそこのクリケットのネットで遊び、そのあいだ私はマッリを見張っていた。マッリは丸太や小枝でできたピラミッドを登ったり、木の中に隠れてしばらくしてから私が彼を見失ったかもしれないというかすかなパニックで「ママ！」と叫んだりした。

ママ。ときどき、私がふたりのママだったことが信じ難くなる。ふたりが生まれたときのことの断片や、木の陰から覗いているマッリを安心させたことを思い出しても、私が彼らの母親だったという真実は混乱のヴェールに覆われている。それは、遠いことにも思える。ほんとうに私？　鼻水の色から耳が痛くなることを予測できたのは、いっしょにインターネットを検索して大きな白いサメを探したのは、お風呂から上がってきたふたりを青いタオルで抱きとったのは、ほんとうに私？

もちろん、私にはそれが自分だとわかっていたが、その認識はぼんやりしていて、ときには私をぎょっとさせることさえあった。不思議だ。ひとつには、彼らは死んでいる。それなら私はなぜ生きているんだろう？　私には心がないにちがいない。私は彼らの母親なのだ。私はひどく苦しんでいる。それは事実だ。ほとんどの夜の私の夢は、彼らを求めて叫んでいる。私はあの最初の数週間、彼らがそばにいないから部屋を一歩も出られなかったときと同じくらい切り刻まれたままだ。でもこれはぜんぜん十分ではない。私の反応は彼らの死の酷さと比べたら全く釣り合わない。けれど、どうやっても釣り合うことはないのだろうとは気づいている。ヤーラの波打つ海に身を投げて、今度は枝に摑まらないでまともにやり遂げることを妄想することはあっても。

ふたりの母親だという現実を把握できないのは、私がまだ放心しているからだろうか？　それがどういう結末を迎えたかに啞然としているから、私が彼らの母親だという事実が抑えられているのだろうか？　もしかしたら彼らが瞬間的に消えてしまったときに、ショックと絶望から、私がそう願ってしまったのかもしれない。私はふたりをあまりにしっかり包み込んでいたので、彼らの気分や要求にいつも引きまわされていた。それから私は、固い決意と怒りをもって、自分をふたりから解きほどこうとした。もう彼らを近くに置くのは意味がないと自分に言い聞かせた。

なぜなら私はもう彼らのママではないから。そしていまでも、四年くらいが経ったあとでも、ふたりが生きていたときのように、自分の心で、強く、優しく、ふたりを摑むことをためらう。この不在の中で、どうやってそんなことができるというのだろう？　だから私は車で寝てしまったマッリを家に運び込むときの重さを腕に感じることを敬遠する。ヴィクが、自分がサッカー教室でうまくプレーしていたかどうかを私に聞くとき、うまくできなかったことがわかっていても私の嘘で安心させてもらう必要があるときの不確かな声音を聞きたくない。こういうことを少しでも許すと、私はふたりを求めて狂ってしまう。

そんなことはないのか？

それにもしかすると私は、ふたりの死についてときどきどうしようもなく責任を感じるから、母親であることを放棄しているのかもしれない。私たち、スティーブと私は、あの十二月にふたりをスリランカに連れ帰った。ずれたのはプレートであって、私たちはいつもやることをやっていただけだったけれど、私は、息子たちが私を頼っていたのに、危害が及ぶところに導いてしまったという気持ちを捨てられない。だから、自分が彼らを見守っていた、その激しさを呼び起こすことをためらう。ふたりがいつもどんなに私を頼りにしていたかを考えることには耐えられない。でも時折、ほんの少しのあいだ、あの生活を覗き込むことを我慢できなくなる。最近グーグルのストリートマップがロンドンでも3Dになったとき、我が家のある通りを見て、突然、ふたりといっしょにいたときの私に放り込まれた。私たちは学校に向かって歩いている。私はジャケットのジッパーを上げるよう、ふたりに言う。今度はふたりが私の前を走る。「その犬のウンチを踏まないでよ、ヴィク」と私が言っているのが聞こえる。ヴィクは私が気をつけていないと、いつも踏んづけた。

でも私は、ふたりの母親だったのに、ふたりの手を離した。押し寄せる水の中でジープがひっくり返り、そのあとの何分ものあいだずっと、どれくらいの時間だったかは全くわからないけれども、ふたりがどうなったか考えなかった。水の中で、あの胸を打ち付けるひどい痛みがあったのは確かだ。そして私は死ぬんだと思った。でも死ぬことを拒否する悲鳴はあげなかったし、彼らのために、私たちの命のために、嘆き悲しまなかった。より正確には、これで終わりだ、でもどうしよう、いい、いい、いい、というのが、私の頭の中に浮かんだ考えで、いま私は、それがあまりにも弱く、軽く感じられて、はっとする。もっとちがったはずだと思う。私たちはほんの僅か前までホテルの部屋にいて、こともあろうにその前日はクリスマスで、それでこの獰猛な水の中で、私がかき集めることができた考えは「どうしよう？」だけ？ 少しのあいだ、息子たちのために生きていたいとは思ったけれども、すぐに諦めた。とんだ母親だ。

ジープがひっくり返ったとき、私たちは散り散りになった。私たちはたぶんただすべり出たのだろう。別れの瞬間はなかった。少なくとも私が知っている限りでは。私の腕から剝がされていってしまう息子たちを摑まえていようとした、というようなことはなかったし、彼らが私からぐいっと引き離されたわけでもないし、彼らが死んでいるところを見たわけでもない。彼らはただ私の人生から永遠に消えてしまった。この突拍子もなくて残酷な事実の中で生きていくには、私は彼らとの生活をぼんやりさせておく必要があるのだろうか？

マッリが、庭を裸足で走って棘が入ってしまうたびに、もっとちゃんと足の指にキスしてほしがったこと。あの波が来たのは、ふたりがホテルの部屋でクリスマスプレゼントで遊んでいるときで、海に入っているときですらなかったこと。この二つの現実をどう共存させればいいのかわからず、私はたぶんどちらもあいまいにさせている。それが意図的なのかは、私にはわからない。

でも私は、ふたりが最も私を必要としているときにそこにいなかった。荒れ狂う水の中で彼らのところに行く力がなかったことはわかっている。どこにいるのかもわからなかったのだし。そうであっても、私はふたりの期待を裏切った。あの恐怖の時間の中、私の子供たちは私と同じくらい無力で、私はそこにいてあげることができなかった。どんなに私を求めていただろう。彼らの無力について考えることは耐えられない。あのジープに座って、水がいっぱいになるまでの数秒のあいだ、ヴィクが恐怖で叫んでいたという記憶からも目を背ける。こんなことを全部背負って生きながら、どうやって彼らのママだったという事実を保ち続けることができるだろう?

まだある。私はふたりを捜しもしなかった。水がなくなってから。私は枝から手を離し、それから息子たちを捜さなかった。私が意識朦朧としていたのはほんとうだ。震えてがくがくして、咳をして血を吐き出していた。それでも私は地面を捜し廻らなかったことで自分を非難する。私は際限なく叫んでいるべきだった。その代わりに私は沼のようになった低木地を見ながら、彼らは死んだと自分に言い聞かせた。いま思い出した。そのときですら、私の人生をどうしようと考えていた。それからそのあとの何週間も何か月も、親戚や友人たちがマッリを国中しらみつぶしに捜しているとき、私は無視するか、意味がないと言い張った。どうして私はこのぞっとする現実をそんなに簡単に受け入れたのか？　希望が塵になることを恐れ、その希望から身を守るのに必死だったから？　それともほんとうにわかっていたから？　よくわからない。でも私は彼らの母親であり、それがどんなに無益で不可能に思えても、出来得る方法を何でもとって、手を差しのべるべきだった。私はそうしないで、彼らを見捨てた。そのことが私をうんざりさせる。

もしずっと泣いて叫んで髪を引きむしって地面に爪を立てていれば、もっと彼らの母親のような気持ちになったかもしれないと、ときどき考える。この何年ものあいだ、私はそんな状態に近づくことすら、ほんのたまにしかなかった。でもなぜだろう？　私は自分の反応が自然ではなく貧弱だと感じ、それを忌まわしいと思う。私は家族をなくして麻痺している。それは事実だ。でも私が予期していたのはこういうことではない。八歳くらいの頃、コロンボの家のバルコニーの床に足を組んで座り、蚊をつぶしながら、近くの貧民街の女性が、妹が死んで号泣しているのを聞いていたことを覚えている。何日も何日も、彼女の甲高い泣き声と罵り声がほとんど切れ目なく近所を切り裂き、私は魅了され、誰かが死んだらそうしなくてはいけないのだと信じた。その考えがいまでも私に潜んでいるのだろう。イングランドがテストマッチに勝ったということや、冥王星がもう惑星ではないということを読むたびに、私はヴィクがそういうことに熱中しただろうと知っていながら、とめどなく泣き叫んでいない自分を嫌悪する。そうできればきっと、彼らのママであるということに対してこんなに当惑しないで済むのに。もちろん、そんな記事を読んで私の気持ちがふらふらしないということではないし、私の中が荒れ狂わないわけではない。

それでも、私にも頭がはっきりするときがある。ひるんだり歯をくいしばったりせずに、かなり率直に、ふたりの母親であるという事実を受け入れられるときがある。ときには果てしなく広がる風景がそれを可能にする。このあいだ、友人のマラーティと私は、スウェーデンの亜北極地帯の、凍った湖の誰もいない岸辺にいた。周囲を、凍った霧で覆われた裸の白樺の木が取り巻き、一つ一つの枝が淡い日差しの中で牡鹿のベルベットの角のように光を放っていた。果てのない白に浸りながら、私は彼らの母親であることを感じた。恐れは休眠し、あまり関係のないものにさえ感じられた。私の膝の上でマッリが居心地よくしている感触を、火照(ほて)るように自覚した。彼の足が私に巻きついて丸まっている様を感じることを、自分に許した。彼はおもちゃのラクダを握りしめていて、そこからアラビア語のポップソングが大きな音で鳴り、私はすぐにいらいらし始めた。そしてこれは私がいつも、ためらいながらぼんやりと思い出すのとはちがっていた。光り輝く空虚が私の防御を溶かし、こんがらがった頭を解き、心のねじれをほどいたのかもしれない。そして私はあの生活に、こんなにも侵入し、全面的に戻っていった自分の大胆さにはっとした。

　ロンドンの私たちの家にいるときにも、こういうふうになることがある。そこにいることに、あまり長くは耐えられないのだけれども。いちばん最近の訪問で私は息子たちの寝室に座り、不思議に感じていた。このベッドに毎日ふたりの服を並べたのはほんとうに私だったのか？　そうしたら、ヴィクがいちばん好きだった、膝が白く退色した黒いスウェットパンツを見つけた。それに触れ、私が彼らの服を並べていたということに対する混乱は消滅した。そして床に寝てスウェットパンツを胸に抱き寄せ、かなりの時間、母親らしく、その中で泣いた。ようやく泣き止んだのは、ポケットの中にヴィクがいつも欲張って欲しがったラブハートのお菓子の包み紙を見つけたときだ。スティーブがきっと降参してあのゴミのようなお菓子を買ってあげたんだ。私じゃない。そして私は、彼がほくそ笑んでそのお菓子をしゃぶり、パパが何を買ってくれたかを見せびらかし、ハート形のお菓子を口の中で転がして舌が添加物いっぱいの明るいレモン色で光っていたのを思い出して、そのときと同じくらい不機嫌になった。気持ち悪い。

「あなたは回転していたのよ」と彼女は言った。「想像してみてよ」

友人のカリルは、ワニの頭蓋骨を探していて、あの波の日にぬかるんだジャングルで私を見つけた男たちのひとりと会った。ワニの頭蓋骨は博物館のためのものだ。ヴィクラムとマッリのロンドンの小学校、ホーリー・パーク・スクールが、ふたりを追悼する基金を設けていて、私たちはそのお金をヤーラの小さな野生動物博物館を新しくすることに使った。私があの波のあとの最初の数時間、放心してベンチに座っていた博物館だ。カリルが改装をとりまとめていて――彼女は実行力があるタイプ――その博物館はいま、素晴らしい変貌を遂げていた。

彼女は私に、その男、私を助けた人物が言ったことを伝えた。私がそれまで知らなかったことだった。

「彼、あなたを見つけた話をしてくれたの。あなたを見つけたのは絶対に彼よ。あなたと同じ話をしてくれた。彼、とても奇妙なことを言ったの。いまでもぞっとする。

彼は公園のレンジャーなの。彼が言うには、津波の日、他の何人かと公園に向かって車を走らせていたときに、高波か何かのことを聞いた。ホテルへの道を曲がると、ホテルがやられたと誰かが言った。でも道路が冠水していてそれ以上進めなかった。彼らはバンから降りた。世界の終わりのようだった、と彼は言ったわ。何が起きたか誰もわからなかった。いっしょにいた男のひとりが、悪魔が世界を滅ぼしに来たと叫び始めた。それから彼らは大声で、誰か生きている者はいないか、出てくるように、と叫んだ。

男の子が助けて欲しいと叫んだ。彼らはその子を捜しに行った。そしてあなたを見つけたと言うの。あなたの話と一致するわ。彼はあなたが袖なしの、濃い青のトップスを着ていたと言っていた。あなた、着てたでしょう？　そしてあなたはズボンをはいていなかった、とも言った。

でも、聞いて。彼はあなたの様子が、いままで見たことのない奇妙な光景だったと言ったの。あなたは黒い泥で覆われていた。ちょっと聞いて、もっと奇妙な話になるから。彼はあなたが回転していたと言うの。くるくる、くるくる。そう、回転よ。子供が目を回して倒れたいときにやるみたいに。彼のオフィスで話していたんだけど、彼、椅子から立ち上がってあなたがやっていたことをやって見せてくれた。あの泥の中で回転していたのよ。彼はとてもショックを受けたと言っていた。あなたが止まらないから。

いっしょに行こうと言ったとき、あなたは拒否した。あなたは口をきかなかったけれど、首を振り続けた。彼はあなたがとにかく回転し続けたと言っていた。

男のひとりが自分のシャツをあなたの腰に巻いた。そしてかなりの距離を引きずってあなたを彼らのバンに乗せた。それから切符売り場にあなたを連れて行った。そして、急いで出発した。他に生きている人がいないか捜さなければならなかったから。彼はあなたがそのあとどうなったか、たびたび気になっていたと言ったわ。

それからね、聞いて。彼はあなたを見つけた場所を説明してくれた。それはホテルからそんなに遠くないところで、実は潟の近くよ。水はあんなに何キロも内陸に入った。そして向きを変えて潟を越えて海に戻った。だからあなたはずっと内陸まで、それからまた外に向かって、運ばれた。そして海に流されるほんの数秒前にあの木に摑まったんだわ。

その人、あなたが回転していたことをずっと考えているの。トランス状態に見えたらしいの。もしかしたら水の中で回転していて、それが止まらなくなったのかしら？ 彼にそれは確かかと聞いたの。そうだ、そうだ、と彼は言い続けた。キャラキ（くるくる）、キャラキ（くるくる）、ヒティヤ（まわっていた）。想像してみてよ」

6

デンバーからスノウマスまでの州間ハイウェイ70で、アニータの娘のクリスチアーナが、ゴーストタウンとは何か、と私に尋ねる。彼女の質問は私をはっとさせる。以前もこうだったから。私が彼女とヴィクの質問に答え、ふたりにいろいろなことを説明する。フンコロガシや蟻のコロニーのこと、いろいろな首都や土星の輪のこと、アヒルのくちばしをもった恐竜のこと。私はときには変な話を混ぜてふたりを笑わせた。「子供の頃、スリランカの友だちがオレンジクラッシュの瓶についた蟻を食べて、ビタミンCがいっぱいだと言ったわ。でも舌は噛まれなかった」「コロニー全部を食べたの?」「ううん、半分だけだと思うよ」でもいま、クリスチアーナがコロラドのゴーストタウンのことを聞いてきても、私は堅苦しい、短い言葉しか返さない。ヴィクがいないのに、どうやって彼女の質問に答えればいいのか? 私の答えをじっくりかみしめたり、信じないでしかめっ面をするヴィクがいないのに。私がふたりに言っただろうことを、どうして彼女だけに言えるのか？　もしヴィクがいたら、ふたりはゴールドラッシュと金鉱を探す人々の話、岩の爆破や、鉄道や、銀鉱石を見つけるために山を吹き飛ばしてトンネルを作る話を聞いていただろう。

クリスチアーナと彼女の妹と私の息子たちはきょうだいのようだった。そこには親しさ、安心、いらだち、怒り、すべてがあった。私たち家族は、クリスチアーナとヴィクラムが生後六か月のときからロンドンで隣り近所だった。アレクサンドラとマッリは、お互いがいない世界を知らなかった。そして年を追うごとに、戦いや協力を経て、年上のふたりと年下のふたりは、興味や個性の細かいところまで目盛りが合わさって、どんどん似てきた。

私には、私たちみんなで過ごした金曜日の夜が見える。アニータ、アギ、スティーブと私は、我が家のキッチンにいる。テーブルには赤ワインの瓶が散らばり、スティーブがラムの脚肉に詰めたニンニクとローズマリーの匂いがオーブンから漏れていて、アビー・リンカーンの「ウェン・ザ・ライツ・ゴー・オン・アゲイン」が私たちを暖める。遊び部屋ではヴィクがクリスチアーナに、彼が最近夢中になっているG・M・ヘンリーの『スリランカの鳥　野外観察図鑑』を読んで聞かせている。いつもながら気立てが優しい彼女は、翼長や、珍しい鳥の巣の作り方の習慣について、熱心に聞こうとする。小さい方のふたり組は繰り返しトイレに行って、順番にかがんで覗いて、もうひとりがおしっこをするのを見ている。ふたりの顔はクレヨンで厚く塗られている。ひっくり返ったソファは、お城。そして夜が進むと、キッチンの会話は子供たちの騒ぎに邪魔される。でもあまりにワインが美味しいので、私たちは誰もこのちょっと朦朧とした状態から立ち上がって確認に行きたがらない。

　そして私はいま、アニータ、アギ、そして私の息子たちがたっぷり注入されているふたりの女の子といっしょに、トランス状態でコロラドのロッキー山脈を旅している。表情、仕草、癖、意見の言い方のすべてが私を圧倒し、すごい速さで襲ってくる。ふたりはそれぞれ、ヴィクとマッリの鏡像だ。私はそのすべてに飢えていて、目をそらしたいのに、密かに探し当てようともしている。アレクサンドラはテレビを見ていて、拳の上に顎を乗せて集中している。それはマッリと全く同じ座り方だ。もし私が部屋に入ったら、彼は私を睨みつけただろう。ほっといて。そしていま、四人の子供たちが見える。午後のテレビ番組に熱中していて、みかんの種が入った青いボウルが私たちの赤いソファの肘掛けにバランスをとるように置かれている。

　私の頭は、探し回る。彼ら全員がここにいるべきだ。ヴィクとマッリは女の子たちとスキーに行っているはずだ。息子たちの顔は太陽と風に当たり、熱いお風呂に飛び込んだりまた飛び出たりして火照っているはずだ。四人の子供たちはよくアニータの家の普通以上に大きいお風呂にいっしょに入り、もうちょっと場所を確保するために肘で押し合い、ほっぺたに石鹸の泡をつけていた。私にはそれが、いま起きていることのように見える。マッリをバスタブから抱き上げて、顔のクレヨンの匂いを嗅ぎたい。

　女の子たちが何かを話すと、私の心はそれを聞きながら、ほんとうならどうなっていたかに気づいて、ばらばらに吹き飛ばされることを恐れている。私が自分ひとりで、息子たちがいたらいま何をしていただろうと考えるときは、好きなだけ曖昧に考えることができる。でも女の子たちのしゃべり声ではそうはいかない。彼女たちが言うことをヴェールのように覆う霧はない。

ある夜、私たちはたくさんヴィクとマッリの話をする。面白い出来事を思い出す。ヴィクがカラスをペットにしたがったことを話すとき、彼女たちの顔は上気する。私は息子たちがコロンボで飼っていた三匹の亀の話をする。マッリは、ほんとうは犬が欲しかったから、その一匹をローバーと名付けた。そして亀が病気になって死んだときね、と私は話す。私とスティーブは息子たちが悲しむだろうと心配したけれど、ヴィクラムは死んだ亀をカラスに食べさせた。ヴィクはほんとうにおかしかった、とアレクシが言う。そして彼女の青い瞳が思い出に輝くとき、ヴィクとマッリのほんとうにたくさんの部分がこの女の子たちの中に埋め込まれて残っていることに、私は鋭く気づかされる。だからいま、どうして彼女たちから逃げたいと思えるだろう？　たとえ彼女たちが尖った爆弾の破片を無意識に私の方へ送ってくるとしても、どうやって私の目と耳を守ることができるというのだろう？　彼女たちにとっても、あまりにありえない形ですべてが終わったのだ。私たちはいつものように、クリスマスにスリランカに行き、二度と戻らなかったのだ。ヴィクラムは泳ぐのが上手だ、波の中を泳ぎ通してくる、と、あの直後の混乱した日々にクリスチアーナは言い続けていた。彼女が、大きくて意図的なげっぷの発作を起こすようになったのもそのときだ。それは、それまでの彼女にはなかったことだった。耳を切り裂くようなげっぷの名人だったのは私たちのヴィクだった。まるで彼女がヴィクの魂を受け継いだようだった、とアニータがあとから私に言った。少なくともいらいらする部分を。

クリスチアーナはお腹が痛くて私の膝の上で眠っている。ヴィクラムは私の上でこういう風に眠った。体重が私に沈み込み、居心地をよくするためにときどきもぞもぞする。これはヴィクかもしれない。髪の毛が一束彼女の顔にかかり、私はそれを押し戻す。彼女の髪は汗でびしょびしょではない。ヴィクは私の膝で眠るとき、いつも汗をかいていた。そしていま、ここに座ってロッキー山脈の雪をかぶった頂が沈んでゆく太陽に輝くのを見ながら、ヴィクラムは二度と私の膝では眠らないというリフレインが私を燃やし尽くす。クリスチアーナが身動きをし、お腹を摑み、ちょっとうめく。私は指で彼女の髪を梳（す）き、カルポル（子供用の解熱鎮痛薬）が彼女のお腹の痛みを和らげるまで寝かしておこうとする。ヴィクラムにするのと全く同じように。

二〇〇九年、ロンドン

息子たちの寝室の遮光ブラインドはいつもいまひとつ用をなさなかった。下まで完全に下がらなかったので、夏は光が入ってくるのがあまりに早すぎた。細い光の筋がカーペットをこっそり横切り、開いている本を照らすか、前の日履いた緑の靴下の片方を輝かせる。ヴィクが身動きするにはそれで十分だった。一瞬で彼は窓辺へ行き、弟に、早く起きろ、キツネが庭にいるかもしれないと言った。私は彼らの「キツネ！　キツネ！」という叫び声の中で寝続けるのを諦め、ふらふらと階下に降りて、ふたりを輝く朝へと解き放った。欠陥ブラインドのおかげで、学校が始まる前に、何時間も遊ぶことができた。それは五つ前の夏のことだったが、ついこのあいだのようだ。

私たちの家に帰るたびに、私は緊張する。別のときに行くのがいいかもしれない、と自分に忠告する。外の、耐えられないくらい新鮮な緑を、ちらっとでも見ることができるだろうか？

いま、あのときと同じように、庭には初夏が膨れ上がっている。遅い夕方の影が芝に暗く落ちる。隣りの家の柳から漏れてくる一日の最後のわずかな光で、バラの木がきらきらする。スイカズラに摑まろうと芝を横切って飛ぶ二羽の太ったコマドリは、あまりに人に慣れていて、もう少しで私の腕に当たりそうになる。私は紫のマンタを見つける。マッリはプラスチックの海の生物をいっぱい抱えてこの花壇をスキップした。スティーブとヴィクはりんごの木の下に座って、サーディンをのせたトーストを食べた。彼らがこの庭にいない夏が五回。

でも、この家への今回の訪問は、いままでとちがう。以前戻ってきたときには、私は家族を注意深くちらっと見ることにしか耐えられなかった。時折は見たけれども、ほとんどのあいだはぼんやりさせておきたかった。いまの私は、彼らからほとんど目を離すことができない。それは彼らが生きていたときとはだいぶちがう。そして私はひっきりなしに捜索する。ほとんど彼らを再発見しているようだ。私は彼らの、私たちの、ディテールを収集する。

この五年間、私はディテールをほんとうに恐れていた。思い出せば思い出すほど自分を慰めようがなくなる、と自分に言い聞かせていた。でもいまはだんだんと、自分の記憶と争わなくなっている。私は思い出したい。知りたい。もしかしたらいまは、慰めようがないという状態に以前よりもうまく耐えられるようになったのかもしれない。もしかしたら、思い出すことでこの慰めようのない状態がこれ以上ひどくなることはないと、うすうす気が付いているのかもしれない。あるいはこれ以下にも。

この家には彼らの活気があり、まだ彼らと共鳴しているとさえ言えそうだ。

キッチンのカウンターにはジャケットから出された何枚かのCDがある。あの最後の数か月、スティーブが息子たちにかけてやっていた、彼が若い頃の音楽だ。ヴィクはマッドネスの「アワ・ハウス」に合わせて下品にぴょんぴょん飛び跳ねた。三人は大きな声でイアン・デューリーの「ヒット・ミー・ウィズ・ユア・リズム・スティック」を歌い、「狂ってるのはいい感じ。ヒット・ミー！」という歌詞を叫んだ。あのエネルギーを、私はいま回収できる。それはいまでもまだこの壁の中でパチパチ音を立てている。

古い靴箱が、日曜日の夜の匂いを放っている。スティーブの靴磨きの箱だ。私はその中を物色する。靴墨やブラシといっしょに、彼が最後のひと磨きに使った古い布切れがある。何年も何年も同じものを使っていた。彼は日曜日の夕方に階段に座って、自分の靴と息子たちの靴を磨いた。その布切れを鼻にかざすと、それはまだ私たちの一週間の始まりの匂いがする。私の顔は涙で濡れている。でも、何てうれしいのだろう。この古いボロ布が、私たちの生活がほんとうだったと教えてくれる。

今日は僕の人生最悪の日。遊び部屋のソファにヴィクの手書きの字で書いてある。私は不意を突かれる。これは見たことがない。あの波の前にもあとにも。なぜこれを書いたんだろう？　何か私がしたことが原因？　遊び場で喧嘩して彼が怒っているのを私が無視した？　それから私はソファの肘掛けに彼が書いたサッカーのスコアを見つける――リバプールが負けている。少しのあいだ、私はほっとする。でもそれなら、どんなに彼を慰めたいか。そう思っても何もできない。

この何年か私は、私の子供たちの日々の痛みや恐れ、脆さや優しさについて考えることを遠ざけてきた。息子たちのユーモアを思い出したり、生意気なところを思い起こす方が簡単だ。でもいま、思い切ってもっとよく覗き込むと、ふたりがもっと全体として浮かび上がってくる。

何年ものあいだ私は、私の子供たちの個性や情熱を慈しむことは無駄だと思ってきた。もう死んでしまったのだから。でもこの家の中にいると、私はその証に取り囲まれている。私は心の鍵を少し開けて、彼らの素晴しさを感じることを自分に許す。

友人たちはよく、息子たちが、自分たちを夢中にさせるものに驚くほど集中していること、それは彼らの歳にしては珍しいくらいだということを指摘した。私はときどき、マッリが芝居から気をそらせばいいのに、と思っていた。そうすれば綴方(つづりかた)を覚えられる。私たちの居間にあるものすべて——厚い織りの膝掛け、ネパールから来た木彫りの窓枠、真鍮のコブラ——は、彼が考えて熱心に演じる「ショー」の小道具だった。その空想の世界で行動していた。パペット人形のコレクションと、ひらりと纏った衣装で、彼は常に姿を変えて新しいストーリーを生み出していた。彼が想像することは、奇妙なことが多かった。私たちの書斎で、私は青と茶色の点々が描かれた典型的な幼児の絵を見つける。マッリが三歳くらいのときに描いたものだ。「すてき、すてきね、マル。それなあに?」私はそのとき、何の気なしに彼に尋ねた。「水たまりで手を失った男だよ」と彼は考えもせずにすぐに答えた。

私とスティーブは息子がとりとめのない話をすることをあと押しした。マッリが車は生きていると言い張って科学のクラスを遅れさせたと先生が文句を言ったときにも、彼をかばった。けれども、彼が道でわざと兄を転ばせたときは、五歳の彼のずる賢さを心配した。私はその場にはいなくて、子守(ナニー)が何が起きたか説明してくれた。ヴィクの頭には深い切り傷があった。「それで警察があなたがやっているところを見ていて、電話で苦情を言ってきたわ」と、今度は私が、話を実際よりも大きくして叱った。彼は私を信じたが、ひるまなかった。「警察はそれが何時に起きたか言わなかったでしょう？　ふたりの男の子の肌が何色だったか言わなかったでしょう？　もしかしたら白人かもしれない、別の子かも」「彼は犯罪者になるのかしら、それとも判事？」と私はそのあとスティーブに尋ねた。

彼らの将来に約束されたもの、私の子供たちの可能性は、まだ私たちの家の中に残っている。この家のいたるところにA4の紙があり、ヴィクのあらゆる種類の計算がいっぱいに書かれている。ヴィクはほんとうにびっくりするほど速かった。私はベッドに座り、ヴィクが私の横にいて、寝る時間までの数時間、私にうるさくせがんだ算数の問題に没頭していたのを思い出す。彼は様々な概念を苦もなく理解し、私とスティーブは彼の好奇心が途切れないようにしなければならなかった。彼は私たちに、自然界の様相で自分が魅了されていることを仔細に暗唱した。自分が心を動かされた動物についての情報を深く吸い込み、その動物と一体になっているように見えることがたびたびあった。もっと小さかった頃、ロンドンの自然史博物館でブラキオサウルスの骨格の前に立ち（あの場所は私たちの第二の家のようで、ヴィクは目隠ししていてもそこを歩けた）、首を伸ばし、体をよじって、その巨大な竜脚類とひとつになっていた。もっと最近では、ワシを見て、彼らの滑空になめらかに入り込み、猛禽のような目になっているのに気づいたことがあった。

ヴィクと私は、彼の寝る時間の前の穏やかな三十分間、彼のベッドでいっしょに横になっておしゃべりをした。彼は興奮した日で、その日学校を訪れた演劇グループの話をする。クラスのみんなが「テンペスト」に参加した。すごくよかった。僕はプロスペロの役だった。別の日には私が彼のクリケットの雑誌をパラパラめくって、ラウール・ドラビッドの写真に「わあ、彼、ハンサム」と言う。「あれ、ママは誰を愛してるの？　パパ、それともドラビッド？」と彼は私を諭し、パパの中のパパであるスティーブを急いで目で探した。いま私はその同じベッドにひとりで座っていて、私たち、私とヴィクの、心地よい交わりがほんとうに正確に立ち戻って来る。私には彼がパジャマをめくり上げて、膝のかさぶたを注意深くはがすのが見える。そして私は、いつものようにきっぱり自分を現実に戻そうとしない。いまとあのときとの分断を解消することは、もしかしたらそんなにどうしようもなく大変なことではないのかもしれない。

でもそうすると、気が狂いそうになるほど彼らを求めてしまう。いま私は、もっと素直に彼らを恋しいと思うことを自分に許す。少なくともときどきは。自分の切望を、前ほど制御しない。だから庭の入り口にあるりんごの木の下で、私たちのピクニックの染みがついたままのマットに寝そべり、スティーブがかつて枝に結んだふたつの空(から)の鳥の餌台を見上げる。そして息子たちが土曜日の朝、その餌台を「鳥ちゃんのナッツ」で満たしながらおしゃべりしている声が何よりも聞きたいと思う。

もしかしたら、もっと自由に彼らを求めることで私は少し楽になるのかもしれない。彼らへの切望をなだめようとしたとき、それは、特にこの家の中では、私の痛みを和らげることにはならなかった。もっと以前にこの家を訪れたとき、夜には特に、壁や木から彼らの不在が飛びかかってきて、寂しさが私を打ちのめした。いまはそのときとはちがいがある。彼らの不在がそんなに重くない、そんなに鉛のようではないと感じる。私はスティーブのサロンを着て眠りながら、彼が私の腕の中で眠ると言って聞かなかったので、ちょっとずつ体を動かして離れたことを思い出す。そしてそれをいまだに、どんなに求めているか。それでもこの認識と願望が私を暖める。それは私たちのベッドのがらんとした状態を耐えやすくする。

　彼らをもう一度知ること、私たちの生活の糸口を探ることで、私はそれまでほどばらばらではなくなる。私は以前ほど混乱していない。私はふたりの母親だったのか？　と常に問い続けることをしない。私の人生のこんなに大きな部分が、私のものではないと感じるのはおかしい。

　彼らの輝きを思い切って受け入れるとき、私はもう少し上手に自分を回復することができる。

　私たちの居間の壁に、赤いペンの印が上がっていっているところ、スティーブと私が息子たちの背の高さを測っていたところがある。私はそのくにゃっとした不正確な線を見て、一瞬で以前の私の方へ身を乗り出して戻って行く。私は、誰がいちばん背が伸びたかという口げんかをおさめたのが私だということを知っている。マッリがもっと背を高くするために爪先立ちになり、かかとをあのちょっと剝げかけた巾木（はばき）に乗せていたのを怒ったのは私だということを知っている。それからヴィクに、背を測る直前に一カップも牛乳を飲むのはバカみたいだと言ったのは私だ——そんなに瞬間的に背が高くなったりしない、そうでしょう？　そして私は何気なく、その赤いボールペンの印にキスをする。彼らの頭のてっぺんにしたのと同じように。そしてその壁を背にして床にがくんと崩れ落ちる。

よりによってこの家で、少なくともときどきは、彼らが私を放っておいてくれるのに驚く。庭の緑の夕暮れの中、冷えたワインのグラスの縁をメクラグモがよろめきながら歩いている。そして私は思い出す。私たちがこの家に引っ越してきたのはこの季節だった。

それはロンドンの六月にたまに訪れる、今日のような暑い日だった。私はいつも、赤いレンガの外観が太陽に輝く、こういうがっしりしたエドワード朝の家が欲しかった。そして私たちは、私たちにぴったりのところを見つけた。心地よく人を受け入れる雰囲気で、私たちのカオスに動じることはなさそうだ。当面はその完璧でないところ、たとえば廊下の、緑とからし色が渦巻く、一九七〇年代のパブみたいなカーペットも我慢できるだろう。もちろんそのうちそれを片付けて、その下にある元々のタイルを修理しよう。でも、急ぐ必要はない。

そして私には、この家で過ごす初めての夕暮れの私たちが見える。引越し業者が帰ったあと、スティーブは庭に寝っ転がっている。頭のうしろで手を組んで、顔にはお日様と安堵と微笑みがある。ヴィクとマッリは当時四歳ともうすぐ二歳で、家の中で引越しの箱に隠れていて、隣りの家の友だちを塀越しに大声で呼ぶことができなくなったことに少し戸惑っている。そして子守のマリーは、キリバット（ココナッツミルクで炊いた米）を調理し、新しい陶器の鍋でミルクを沸騰させて煮こぼして、豊穣と幸運を祈るのだと言い張っている。スティーブは、さらに多くの幸運のために、私の母がコロンボから送ってきたピリット（上座部仏教のお経）のテープをかけると言って聞かなかった。彼はそれを一日中リピートにしてかけ、私はお坊さんの読経で引越し業者の気が散らないようにボリュームを下げた。

十二月初めのあの夜、コロンボに向けて発ったとき、私たちはこの家に三年と数か月住んでいた。そしてまだあの廊下のカーペットを捨てていなかった。でも私たちには、次の夏に家中の内装を変える計画があった。息子たちをそれぞれ別々のベッドルームに移す。ロフトを改装することで、私とスティーブはようやく自分たちの書斎が持てる。

この一年、この家に戻ってくるたびに、廊下の汚いカーペットへの苛立ちが募っていた。けれどもどうして捨てられるというのだろう？　息子たちは毎朝そこに座って靴を履いていたし、学校から帰ってきたときにジャケットを脱ぎ捨てるのもそこだった。にもかかわらず、そのためらいをよそに、カーペットはもうない。私はそれを捨てたあと、自分をなじった。なぜ息子たちの足跡を捨てることができたのか？　それでも私は、新しい床を何度もほれぼれと眺めている。廊下が前よりずっと明るくなった。でもそれがどうだっていうのだ、どうしてそんなことに構うのだろう？　彼らはここにはいないのに。私は何をしている？　ままごと？

マッリが、よく友だちのアレクサンドラとやっていた。ままごと遊び。それがまさに、あの波のあと、私たちの家に最初に来たときにアレクサンドラがやったことだった。彼女はまっすぐ遊び部屋に入って行って、隅から人形の家を取り出し、まるで昨日ここにいたかのようにままごとをした。最後にその部屋に来たのは四年以上前のことで、そのときまだ五歳になっていなかったのに、彼女は覚えていると言った。

あの、波の後の何か月ものあいだ、私は息子たちの友人の名前を聞くのも耐えられなかった。そしてその子たちにまた会うようになると、自分の息子がどうなっていたはずか、何を経験できないでいるかを知らされることを恐れた。いま私は、息子の友人たちに頻繁に会っている。子供たちは会うときにはいつもはしゃいでいて、私はそのきらめきを楽しむ。そしてその子供たちによって、私の息子たちは、初めの何年間かのように私の視界の外にいるのではなく、現実となる。

クリスチアーナとアレクサンドラは私が家に帰ってくるたびにやって来る。ふたりは私が庭に水やりするのを手伝い、私たちはいっしょに宿題を検討する。ふたりはヴィクのボクシンググラブをつけてドアを叩く。マッリのタブラを叩く。そして私は「ラガーン」のサントラに合わせて、狂ったように、でも目をみはるリズムでくるくる回るマッリの姿を思い出す。ジャイプール式のターバンに気を良くして、その長いテールをうしろでふわふわさせ、「チャレ・チャロ」の最後の、テンポがどんどん速くなるところで完全に目が回っている。

でも私は何も持っていない母親だ。この少女たちに、ふたりを変な冗談で笑わせるヴィクを差し出すことができない。マッリとアレクシが結婚しようと話せるように――「結婚する(マリー)」じゃなくて「楽しくなる(メリー)」とマッリは言った――マッリを提供できない。二人はしょっちゅう、そう話していた。ヴィクは弟に向かって「結婚するなんて頭がおかしいよ、マル」と言った。「奥さんがいばりちらして、仕事から帰ってくると二階の窓から怒鳴られるよ」あの子が結婚のイメージをどこで得たのか、私は知らない。

いまアレクシは私たちの居間にいて、息子たちが着ていたのと同じ赤い制服を着ている。スウエットシャツの擦り切れた袖口から長い糸が出ている。息子たちのセーターもいつもそういうふうに袖が擦り切れていた。私はアレクシを見て一瞬不思議に思う。実際、私はこっちの人生にいるのか、それともあっち？

この九歳の少女が私を現実に呼び戻す。「どうしてみんな死ななくちゃいけなかったの？」と、突然大きな声でおおげさに尋ね、クッションの山に身を投げ出す。「どうして五人も死んじゃったの？」私は言葉がない。「波が来たとき怖かった？」と、私の居心地の悪さを気にせずに彼女は続ける。私は彼女に、それは一瞬の出来事だったと言う。彼女はそのことを少し考えてから「もしあなたとスティーブが死んでヴィクラムとマッリが生き残ったら、ふたりは私の家に来て暮らした？」と言う。彼女は私の答えを期待して待っている。私は、それが彼女が望んでいるシナリオであり、何年も彼女が考えていたことだと気づく。私は言う、「そうね、もちろんよ」彼女は微笑む。「よかった！　お母さんはこの家の鍵を持ってるでしょう？　だから私たち、ふたりのものを取りに来て、それから私たちの家に連れていったわよね？」それから何日も、私はそのイメージを持ち続ける。惨めなヴィクとマッリが我が家の玄関の外に立ち、「自分たちのものを取りに」帰ってきているところを。

五年、そして私の子供たちの友人たちはなんて大きくなったのだろう。私の息子たちもそうなっていたはずだ。いま息子たちの友人に会うと、どんどん興味がふくらむ。私の目は、ヴィクとマルをもっとはっきり思い浮かべられるように、探るように見つめるのをやめられない。ヴィクラムの仲間のダニエルとジョーに五年ぶりに会った。私をとても優しく抱きしめたジョーは、私よりも高くそびえ立っている。彼はもうすぐ十三歳だ。どこからともなく拳が飛んできて私を強く打ちのめす。これはヴィクがこうなっていただろう姿だ。私はこのふたりの少年の変化に釘付けになる。自分の人生では知り得ないこと、ポツンとしたにきび、広がってきている肩幅、かすかに生え始めているヒゲを凝視する。息子たちをこうやって現在に映し出してみることには不思議な満足感がある。でもヴィクは仲間たちといることがとても好きだった。そして彼にはそれができないのに、私が彼らといっしょにいる。私は密輸品を扱っているような気持ちになる。

昔よく行った場所に行くと、そこでも私たちの人生がぱっと燃え上がる。私は最近までそういう場所を避けていたし、二度と戻らないと言い張っていた。でもゆっくりと、そこに戻る図太さを獲得している。サラと私は、ハムステッド・ヒースのへりを歩きに行く。スティーブがロンドンで散歩するのがとても好きだった場所のひとつだ。私たち四人はあの十二月、コロンボに出発する数日前に、ここにいた。そして私は、いままでここに戻ってこなかった。小道の脇の藪ではフィンチが飛び回っている。まるでずっとここにいたような気がする。先週の土曜日にみんなでここにいなかったと考えるのが難しい。私は、私たちがどの木の下でピクニックをしたか、息子たちがどこで父親とラグビーをしたか、知っている。スティーブにそそのかされた息子たちが私をタックルして倒した場所がわかる。息子たちが私に向かってロブを上げたボールを投げ返そうと、まんまとふらふら取りに行ったのだ。地面は一面ぬかるんでいて、私は白いジーンズをはいていた。彼らは笑い狂っていた。私は面白いとは思わなかった。

マッリが私たちに彼のほんとうの家族について話し始めたのは、二歳くらいの頃だった。私たちも彼の家族だったけれども、彼にはもうひとつの家族、「ほんとうの家族」がいた。「僕はその家族のところに帰るんだ」と彼は言っていた。「みんなとは少しのあいだしかいっしょにいない」「それで、ほんとうのお父さんの名前は何ていうんだい？」とスティーブは聞いた。「ティース」「ティース？　変な名前だな」「パパ、笑わないで。ほんとうの名前なんだ」「それで、お母さんは？」「スー。それに妹がいるんだ。名前はネリー」

彼は妹がいちばん好きだと言った。彼らはアメリカに住んでいた。「僕たちの家は大きな湖の近くにあるんだ。ボートだって持ってるんだよ。ほんとうだよ。メリカにあるんだ」

マッリはヴィクラムの皮肉な笑いや、幼い友人たちの不信感に負けることはなかった。「だってマッリ、あなたには妹はいないわよ。どこにいるの。会わせてよ」「ばかなこと言わないで、アレクサンドラ。ここには来れないよ。他の国に、メリカにいるんだから」

母と、子守のマリーは、彼が前世のことを話していると言い張った。「ちょうどいまくらいの歳の時に、前の人生のことを思い出す子供がいるのよ」と彼女たちは言った。ときには私とスティーブが「何とかする」べきだと訴えた。お寺に行くとか、お坊さんと話すとか。

私たちがやったのは、マッリの「ほんとうの親」のふりを、ときには週末のあいだずっと続けて、子供たちを楽しませることだけだった。スティーブは彼らがミシシッピの田舎に住んでいることにしようと提案した。彼が、ティースがロンドンにマッリを訪ねてくる役を演じると、子供たちは大騒ぎして喜んだ。彼はちょっと大げさな南部訛りで、大都会がどんなに人が多いか、どんなに沼の蚊が恋しいかを長々と話した。「もう一回！　パパ、もう一回やって！　ティースをやって！」

マッリはあの波の数か月前に彼のほんとうの家族の話を終わらせた。「マッリ、スーとティースはいまどこにいる？　まだアメリカにいるの？」ある日ヴィクがからかうように聞いた。「死んじゃった」という返事が来た。「アフリカに行ってライオンに食べられた」「全員？　ライオンは普通そんなにたくさんの人間を一度に食べないよ」と、いつでも動物学者のヴィクが言った。「みんなだよ。いまメッセージを受け取ったんだ」「マル、誰からのメッセージ？」彼は返事をしなかった。

7

二〇一〇年、コロンボ

トカゲまでどこかに行ってしまったようだ。太古からの頭と棒のようなしっぽの、緑と茶色の小さな生き物。ヴィクが魚獲り網で追跡しているのに気づいて、草の中でいつまでもガサガサと動いていた。でも今日は、このしおれた庭で動いているものは何もない。あの波から六年近くが経ち、他人が住んで五年、私の両親の家はすっかり変わった。いまは空き家で、放置されて縮こまっている。ジャックフルーツの木から落ちた葉が裏のベランダを汚している。母はあのジャックフルーツの木が好きになれなかった。庭の真ん中にそびえ立っていて、あまりに大きすぎると思っていた。ある日きっと強い風でばりばりと倒れて家を破壊すると心配していた。

この家に移ってきたとき、私は七歳だった。ここでの最初の晩、両親は私たちの新しい家を祝福するためにピリットの儀式を催した。僧侶たちが何時間もお経を唱え、私は池のまわりでちかちかしている小さな粘土のランプに気を取られて座っていた。そのときの私には、その池が新しい家でいちばん素敵なところだった。それは家の中にあって、上には屋根がなかった。雨がきたらどんなふうになるのだろう？　不思議だった。この家は年を経るにつれて変化した。家を変えることは私の母が情熱を注いだことのひとつだったからだ。食堂は大きくなり、すべてガラス張りになって庭に向かって開かれた。テラゾの床は掘り起こされて大理石に置き換えられた。そして池は無くなった。モンスーンのあいだに水があふれて、新しい床で金魚が喘いでいるのを母が嫌い、埋められてしまったのだ。

私は、あの波のあとの初めの数か月、呆然として中を彷徨ったとき以来、ここに足を踏み入れていない。いま私は、私たち、特に両親の、些細な断片を求めて戻ってきている。私はスリランカでの私たちの生活を、夢から現実にしたいと思っている。

でもこれは、たったいま出て行ったように感じられるロンドンの私たちの家とは全くちがう。あそこでは私たちの生活が確認できるけれども、ここの違和感の中では揺らいでしまう。父はほんとうにこのベランダで、あのいつも肘掛けが外れて落っこちる黒檀の肘掛け椅子で、新聞を読んだのだろうか？　息子たちはほんとうにこの寝室で、夜、天井を駆けるイタチに起こされただろうか？　そして私は、ほんとうに彼らの髪を指で梳きながら寝かしつけただろうか？

昼間なのに、私は居間の電気をつける。覚えのある、ごちゃごちゃわかりにくい壁のスイッチに触れて、私は元気になる。二階のバスルームで手を洗い、蛇口の感触で心が軽くなる。バスルームには太陽の光が流れ込んできていて、私はトイレに座ってその光が背中を焦がすのにまかせる。習慣からくる安心。母の金のバングルがチリンチリン鳴る音はしないけれど（ヴィクはあの音を「アアッチの鈴」と呼んでいた）、この壁はあの音を知っている。私の生活が少しつなぎ合わされる。

いまは七月。私たちは毎年七月に夏休みでここに来ていた。家には息子たちのカオスが吹き荒れた。両親は毎日、大きなお祝いのような食事を用意した。月曜日はローストしたココナッツで黒くしたポークカレー、火曜日はホッパー（お椀形のクレープ）、水曜日はビリヤニ。そして私とスティーブがその他の日に友だちとディナーに行く予定を立てると、とんでもないことになった。母は不機嫌になり、私たちが行く予定のレストランで彼女の知り合いが下痢になった、信じられますか、一週間もですよ、と発表した。母は、誰よりも料理が上手いのは自分と三人の妹だと思っていたし、それはけっこう正しかった。イギリスで過ごす冬のあいだ、スティーブは彼女の十八番の一皿、海老カレーを恋しがった。炎のように赤いグレイビーソースは、半煮えの海老の頭をすりつぶしてつくったペーストでとろみがつけられていた。母が彼女の祖母から習ったものだ。

いまは午後四時で、このベランダの床では、かつてと同じように三角の光が三つ、震えている。彼女たちの声が聞こえそうだ。母と叔母たち。

母と三人の妹たちはいっしょにいると勝手気ままだった。彼女たちは大抵笑っていた。その笑いは、私の人生に、そしてこの家に、いつもあるものだった。子供のとき私は彼女たちがあまりによく笑うことに動揺した。不適切な感じがした。ほかのうちの母親や叔母たちはこんなに笑いが止まらなくなったり絶対しないんじゃないか？　でも彼女たちの陽気な騒ぎの中にいると私はいつも安心していた。

　私はいつも、彼女たちが吹き出すきっかけになる話を楽しまずにはいられなかった。尽きないゴシップ。誰かが花瓶を、水も全部いっしょにひっくり返した。美容院で、夫の愛人の頭の上に。それから彼女たちが少女だった頃の話――頭の固い公務員だった私の祖父が、男性が行く床屋に四人の娘たちを並ばせて、魅力的じゃなくなってどんな男の子からもじっと見られたりしないように、ひどく短く髪を切らせたこと。それからそのあと私の祖父母が娘たちにふさわしい結婚をどんなふうに取り決めようとしたか。彼女たちの家の庭師だった斜視のマイケルが、提案される相手をまず初めにちらっと見ては意見を言った。「イーヤ、ハーム、イーヤ（げっ、お嬢様、げっ）」脂っぽい髪の運の悪い男がモーリス・マイナーから降りたつと、窓越しに母と姉妹たちに囁くのだった。

　それから彼女たちは、子供だった私たちを笑った。私たちがスリランカ北部のエレファント・パスの汚いバンガローで休暇を過ごしたとき、私がそれがいやで取り乱しているのがおかしくてたまらないと思っていた。私は十四歳で、巨大な潟と、一晩に一本だけ通る汽車しかない辺鄙なところから動けないでいるよりも、コロンボで友だちと楽しく過ごしたかった。「汽車を見においでよ」と彼女たちはくすくす笑いながら言い、私はめそめそしていた。従弟のクリシャンがまだ小さな男の子で、読み方を覚えようとしていたときに笑われた件を覚えている――彼は right（権利）という言葉で苦労していた。「すべての猫には魚を食べる rigit がある」と、彼はリーダーズ・ダイジェストの裏表紙のキャットフードの広告を自信たっぷりに読んだ。彼の母親とその姉妹たちは大喜びでキーキー声をあげて、彼の手に二ルピーを握らせるのだった。

今日のような午後には、ママと叔母のスウィーリは外のこのベランダに座り、横のテーブルにあるチョコレートケーキをどっちが食べないでいられるか競っていた。太るからだ。太って見えないのは大事なことだった。私は彼女たちがハバラナのジャングルで蜂蜜を売っている男に対して調子に乗りすぎていたときに、怒ったことがある――これはまた別の休暇のときだ。ばらばらに広がった長い髪で、腰巻しかつけていない、ほとんど歯のない男は、野生の蜂蜜を集めて暮らしていた。高い木の上にある蜂の巣に炎をかざして蜂を燻り出すのだ。私たちが彼に会ったとき、彼は森の中の湿地に座り、両手で蜂の巣から液体を絞り出していた。長い爪は染まってしまって曲がっている。すぐに売れるかもしれない機会に喜び、男は蜂蜜の薬効について長々と話し始めた。え、でもそれ、太らないの？　と母か叔母が言った。男は、口紅をつけ、大きなサングラスをかけた異星人のようなふたりを見つめ、正しい返事を測りかねて、「太りすぎていれば痩せる。痩せていれば太る」と読経のような口調で答えた。「じゃあ私たちはどうなると思う？」彼女たちはくすくす笑いながら男を困らせた。彼女たちの意味のない見栄が恥ずかしくて、私は急いでお金を払わせてそこを立ち去らせた。

いま、この家で、私は両親を近くに引き寄せることができる。六年のあいだ、私は彼らのこと、彼らの死のことを心の端へ押しやっていた。そうしないと耐えられなかった。私は息子たちとスティーブに心を集中させていた。私の悲しみに序列があったこと、それは何て忌まわしいことだろう。

このベランダの遠い端の、庭に近いところで、縫い子さんがシンガーのミシンに身をかがめていることがたびたびあった。タカタカタカ、という音をいま聞くことができる。母には常に何かしら急いで縫ってもらわなければならないものがあった。母はいつもエレガントで、着るものに丁寧に気を配っていた。私の結婚式の前日は例外で、あまりに忙しくて気が散っていて、朝、シルクのブラウスとスパンコールのついたいつものサンダルを履いて、ズボンをはかずに階段を急いで降りてきた。

私たちがヤーラに向けて出発する数日前、ママの縫い子さんがマッリの仮装用の服をつくった。鸚鵡（おうむ）の着ぐるみと、彼の衣装コレクションを入れる、金の星の飾りがついた青いサテンの大きな袋。クリスマスプレゼントだった。彼が鸚鵡の着ぐるみをクリスマスの夜に着ると、足首のところがきつかった。明日コロンボに帰ったら直してもらいましょう、とママはマッリに言った。いま思い出した。あの波の数か月あとにヤーラの廃墟を探しまわっていたとき、私はあの青い袋を見つけた。それは枯れ木の枝に引っかかっていて、無傷で、サテンがまだ光っていた。

私は両親の寝室の床に座っている。家具が片付けられて、いまはとても広く感じる。ママはいつも、一方の壁にかかっていた鏡の前に立って、サリーのドレープを寄せていた。彼女が白い陶器のボウルに手を伸ばして、ピンをとろうとするのが見える。ピンには、シルクが破れないように小さなボタンが付けてある。母のサリーは彼女にとって芸術だった。両親の寝室の防虫剤を入れたタンスと、彼女のクローゼットは、サリーでいっぱいだった。母は私が彼女のコレクションに十分な関心を示さないことを嘆いていた。「私が死んだら誰がこのサリーを着るの？　どうしてこんなにたくさん買ってしまうのかわからないわ」と彼女は言ったものだ。それから「あなたはほんとうに退屈、学者なんかになって残念だわ。この前あなたみたいな女性たちが会議に行くところを見たけれど、あまりにひどい格好をしていて泣きたくなったわ」と語った。マッリが彼女の希望だった。彼は魅惑的であることやお洒落のセンスを理解していた。「あなたのママにもっときれいな服を着てもっと化粧をするように言いなさい」と、ベッドに寝そべって小さな香り付き石鹸のコレクションを愛でているマッリに言っていた。この家での最後の夜、私はちゃんとお洒落をして、母と息子の両方から合格点をもらった。それはマッリのバイオリンのコンサートの夜で、私はママのサリーの中から、深紅のシルクの一枚を着た。マッリは私が口紅をさっと塗るのを見て、僕も自分の口紅を持ってる、よかったら使っていいよ、と言った。次のときね、と私は答えた。

両親の寝室はバルコニーに続いていて、そこで母は毎日、魚屋相手にふざけた芝居を演じていた。魚屋は毎朝、門のところにやって来て、肩にかけた棒に結んだ籠の中身を叫んだ。母は彼の売り物をすべて買い取るつもりだったにもかかわらず、何もいらないと大声で叫び、魚屋は、戻ってくるとわかっていながら、あからさまに不機嫌な声をあげて立ち去った。これを何時間か繰り返してから魚屋は籠の中身を門のそばで全部空け、彼の一日の仕事はあっという間に終わり、ママは必要以上の魚を、言い値の半額で手にした。スティーブは門のところの血で染まった砂利にカラスやハエが殺到するのを見て、もっと合理的な買い物の仕方はないのかと母にきいたものだった。

両親は私とスティーブがコロンボでの暮らしに折り合いをつける手助けをしてくれた。彼らの目には、私たちはまだ世話をする必要がある子供だった。そしてこの何年ものあいだ、私は彼らの世話焼きを恋しく思うことを自分に許さなかった。もしそれを許したら、もっと危険なくらい孤独になってしまうと考えてきた。でもここ、私たちの家で、見慣れたものに心地よく囲まれていると、彼らのくれた安心を渇望せずにはいられない。毎晩父はこのバルコニーに立って、その日最後の葉巻を吸った。いまその煙の匂いが、かつてのように私に届き、私の目をチクチクさせて欲しいと思う。あの頃私はいつもそれに文句を言っていたのだけれど。

私はこの家での私たちの生活の中に身を置き、急に寒気を覚える。いつものように、私は自分が止まらなかったことを考える。あの波から逃げたとき、私はホテルの両親の部屋のドアで立ち止まらなかった。そうしないことに決めた。それは何分の一秒かのことで、そのときは私たちが何から逃げているのか、何に向かって逃げているのかわからなかった。でも私はそう判断したのだ。

私が最後に母を見たのは、あの波の前の夜だった。ホテルのテラスで夕食をとったあと、私は母におやすみなさいと言った。息子たちは疲れていて、私はふたりを寝かせに行こうとして、せかせかしていた。私は、おやすみなさい、としか言わなかった。父とはその次の朝、彼がドアをノックして、前の日にヴィクが借りた双眼鏡を取り返しに来たときに会った。父は帰るための荷造りをしていた。私は半分しか目を開けなかった。そして、なんでそんなに早くパッキングしてるの、なんでそこまでまめなの、と思った。

父はいつもとても几帳面だった。いま父の書斎は空っぽだ。かつてあんなに整頓されていたこの空間を、私はさまよう。あそこのドアの横には、父の黒い法服が掛かっていた。私は壁に沿って並んでいる空っぽの本棚の埃に指をからませる。

約三十年間、私は父とこの部屋で時間を過ごし、父の蔵書をあれこれ眺めた。十歳くらいのとき、夜の父の書斎が持つ穏やかな静けさに気づき、父の膨大な本のコレクションを探り始めた。ここの床に足を組んで座り、ジョン・スティルの『ザ・ジャングル・タイド』に没頭した。足跡からゾウの機嫌がわかること、恐怖で走っているのか、水を求めてブラブラ歩いているのかがわかることを学んだ。私はジャングルの神々の話に釘付けになった——彼らは小枝に結びつけた二枚の葉っぱを彼らに捧げない者を、みんな盲目にしてしまうのだ。私の好奇心と熱心さは父を喜ばせた。父は無口で自分を抑える人で、本を通して私たちはお互いにいっしょにいることを楽しみ始めた。

この六年間、私は自分の子供時代を思い出すことに尻込みしてきた。自分が若さゆえに満ち足りて感じていたことがばかばかしく思えたし、疑うことを知らない子供だったときにもきっと凶運の印が付けられていたのだという思いにくよくよした。でもいま、子供のときに暮らした家にいて、あの頃を垣間見ることを以前よりも受け入れている。どんなに輝いた楽しい日々だったたか。私たちのダックスフントのナツメグを二階建てバスが二つに切断したときを除いては。

私は、ティーンエージャーのとき、玄関の横の鏡の前で身支度を整えて、また整えて、弟を学校に遅刻させて、見境なく幸福だったことを思い出す。弟は車で私を待っていて、うちの運転手が心配そうにクラクションを鳴らしていた。満ち足りた八歳か九歳児のとき、子守のシーラワティー婆やがヤッカ（悪魔）の話をしてくれるのを、両親が出かけている夜に聞いたことを覚えている。私はときどき両親が出かける前にごねた――どうしてまたダンスしに行かないといけないの？　――彼らは私に咳止めシロップを一匙与えてなだめると、急いで出て行った。母は一九七〇年代のコロンボではすごくお洒落だった高くふくらませてセットしたヘアピースをつけ、ナイロンのキラキラ光るサリーを着ていた。薬で眠くなりながら、シーラワティーといっしょに、近くにいて私たちの周りを回っていると彼女が言い張るヤッカの名前の長いリストを唱えた。悪魔たちのことは気にならず、この家にいると安全な気がした。

何年も経って、ケンブリッジ大に通っていたときには、毎年夏になると家に友だちを連れて帰った。イングランド人の男の子たちはアジアに来るのは初めてで、夜、芝生の上で父とウィスキーを飲みながら、コオロギが出すうるさい音に感心していた。母は、運転手付きの母の車のうしろの席に座って世界革命の緊急性について彼女に講釈する、お腹の調子の怪しいデイビッドを、辛抱強く医者に連れて行った。そしてある夏、私はスティーブと、もうひとり、スリランカ人のボーイフレンドとに、恥ずかし気もなく二股をかけた。やがてスティーブと私が、この家を息子たちの故郷にするとは、全く想像していなかった。

おまえたちには二つ故郷がある。スティーブと私はいつも息子たちに言っていた。「アアッチハウス」はおまえたちのコロンボの故郷だよ。ロンドンで英国系スリランカ人として育っているふたりは、ここに根をおろしている必要があった。そしてふたりはひとつの故郷からもうひとつの故郷へ、ひとつの国からもうひとつの国へ、苦もなく行き来した。

この家で私の両親は、祖父母としていきいきしていた。私の息子たちを甘やかし、ふたりの興味や好奇心を活力と喜びとして受け止めた。母が進んで「ゴールに入る」ために裏庭に行き、ヴィクラムがサッカーボールを彼女に向かって思い切り蹴り込む様子が、私には面白かった。ヴィクは父の書斎で父の膝に座り、インドの人喰いトラの本を読んだ。ママは次のハリー・ポッターの本が出る前はヴィクと同じくらい盛りあがっていた。マッリは続編を待たなければならないということの意味が理解できなかった。「どうして海賊版を手に入れちゃいけないの？」と彼は尋ね、彼の祖父が法律家然とした口調で、書かれていない本を海賊版にすることはできないし、そもそも海賊版は何につけてもいけないことだと言っても聞こうとしなかった。「大きくなったらぼくはほんっとに頭が良くなるんだ」とマッリは言ったものだ。「それで海賊版のＤＶＤや本を、まだ誰も書く前につくるんだ」

私は家に僧侶を招いて、死者に功徳を回し向ける仏教の儀式を執り行う。両親はこういう決まった儀式を守っていた。いま両親の居間には切りたてのジャスミンとお香が香り、三人の僧侶が、まっさらの白い布を垂らしかけた椅子に座っている。僧侶のひとりがマッチを擦り、彼の前にあるテーブルに載っている真鍮のオイルランプに火をつける。彼は一巻きの白い糸をほどいて、私と友人たちのあいだに渡していく。私たちは僧侶の向かい側で、床に広げた草を編んだ敷物に座っている。そして三人の僧侶は祈りを始める。でも彼らがお経を唱和する中で、自分の家族が、ある十二月の朝にこの家を出て二度と戻らなかったことを、私はまだ信じられないでいる。それどころか、この夜がこの家に来た最初の夜、三十五年くらい前、もっとたくさんの僧侶がお経を唱え、ここでの生活が始まろうとしていたときのように感じられる。私は祈りによって祝福された白い糸を持ち、いまはない池の周りの、あのときのオイルランプを呼び戻す。

思い切ってこれを開くのだろうか。スティーブの二〇〇四年の仕事手帳。二〇〇四、私たちの最後の年。手帳はコロンボの叔母の家の、私たちのものが入った袋の中にある。ここ何年か、私はそれを手にとっては、パニックになって隠していた。スティーブはいつも手帳に仕事の約束以上のことを書いた。そこにはリマインダーがぎっしり書かれていた。子供たちを散髪に連れて行くことや、週末や休暇の計画、そして自分へのメモ、例えば（私と彼が喧嘩をしたあと）「Sに彼女が正しかったと伝える、仲直りする」。

最後の年のほとんどのあいだ、九月までを、私たちはスリランカで暮らした。それはとても幸福な時間だった。スティーブと私は、いつものせわしない休日ではない長い滞在を、かなり前から望んでいた。だからふたりとも長期休暇が取れたときに、コロンボに行くことにした。息子たちをロンドンの学校から出して、コロンボの学校に転入させた。私はその期間のことを、この六年間、自分の中で遠ざけていた。特に私たちの、疑うことを知らない喜びや安らぎについて考えたくなかった。

いま私はコロンボにいて、この夏をスティーブの姉のベバリー、彼女の夫のクリス、彼らの子供たちのソフィーとジャックといっしょに過ごしている。あの波以来、スティーブの家族は定期的にスリランカへ旅をしていて、ときには年に二回訪れていることもあった。姪と甥はほとんど私の息子たちと同じくらいここでの生活に親しんでいる。初めの日々、私はスティーブの家族が、彼をここに連れてきたこと、彼を死なせたことを私のせいにしていると自分自身に思い込ませていた。けれども義父がコロンボに来て私の手を取り、スティーブがここでいつもとても幸せだった、彼にとってもここが故郷だったと私に話してくれた。

義理の両親に勇気づけられて、私はスティーブの手帳を開いた。そこに全部あった。私たちのスリランカでの九か月のディテール。私はあまり読まずに急いで手帳を隠した。それでもそれを覗き込んだときから、あの最後の年の記憶から逃れられないでいる。私は絶えずあの時間の中へ戻っていく。考えてみれば、六年のあいだその期間の記憶が抑えられていたのが不思議だった。

ホートンプレースの信号のところにいる物乞いには腕がない。姪のソフィーがお金をあげようとカバンの中に手を入れる。私はこの物乞いをここ数年しょっちゅう見ていたのに、いまやっと思い出す。この男は、あの年、私たちが車で息子たちの学校への送り迎えをしていたときに、同じ信号のところにいた。スティーブは彼に一週間ぶんの「手当て」を渡して、毎日車のあいだを縫って私たちのところにやってくるのを防ごうとしたが、うまくいかなかった。母の運転手は、スティーブが不必要に慈善的だと言い張った。彼は、この男は近所の人を殺そうとして爆弾を作っていて自分の腕を吹き飛ばしたのだと主張し、その噂には信憑性があった。息子たちもこの腕のない男を支持しなかった。「どうして仕事をしないの？」ヴィクはそう言って、思いやりのなさで私とスティーブをはっとさせた。

いま思い出した。息子たちは学校へ行く途中、しょっちゅう機嫌が悪かった。このコロンボの学校はつまらない、ロンドンの友だちといっしょにいたい、ここの遊び場は狭い。私が、ふたりは素晴らしい、新しい経験をしているのだと力説しても効果はなかった。スティーブは音楽でふたりの気分を改善しようとした。彼は車でスシーラ・ラーマンの「ラブ・トラップ」をかけた。息子たちは「あなたの体はラブ・トラップ……あなたの甘いくちびるに抵抗なんてできない」という歌詞を聴いて、嫌がって活気づいた。「げっ。体。くちびる。おえっ」「そのやりかたどうなの？」私はスティーブの子供たち元気づけ作戦に意見を挟んだ。でもヴィクとマッリは車から降りるときにはとことんうんざりして、学校に行く気になっていた。

私たちはあの期間、コロンボの中心部に家を借りていた。あの波以来、この何年かのあいだにあの道を通るとき、私はちがう方を向くか、そこに大きな意味はないと思おうとした。いま、私は義理の両親とその細い道を車で通っている。そして彼らが見える。スティーブとマッリが歩いてくる。マッリは人形を乳母車に乗せていて、ふたりは「父親と父親」ごっこをしている。

時間がぱちんと昔に戻る。私たちがみんなでここにいたのは、今朝のことだった。そうとしか考えられない。ヴィクはあの年、大きく、強く育っていて、私は彼の腿の筋肉が硬くなってきている感触をいま感じることができる。彼は七歳だったけれども、私は十二歳用の服を買っていた。ヴィクはコロンボではいつもスポーツをしていて、クリケットのスキルでスティーブを喜ばせ、毎晩私の母校の大きなプールを水を切って泳ぎ渡るときも父親のペースについて行っていた。炎暑の午後にサッカーをして、びしょびしょになってシャツを脱いで帰ってきて、ハグをしようと近づいてくるふたりを、私は追い払った。ふたりの真新しい足跡がありそうな、あのフィールドに入ることには耐えられない。

私はあの十二月に家族をスリランカに連れて帰ってきたことについて、ずっと自分を責め続けていた。何の必要があったのだろう？ ロンドンに戻ったばかりだったのに。私たちは多くのことをやりすぎ、二つの国を急いで行き来し、すべてのことを求め、満足することがなかった。すべてを持っていたのに台無しにしてしまった、と私は考えてきた。あの波のあとの、初めの何週間かのあいだ、友人でとても穏やかな性格のフィオヌアーラがロンドンの私たちが住む通りをずんずん歩いてきて、どうして子供たちをクリスマスにコロンボに連れ帰ったのかと私に怒鳴っている夢を見た。

けれども今年の夏、ここで過ごした数か月をはっきり感じることができるようになって、私は自分を前ほどは責めない。私には、スティーブと私がなぜここに戻ろうと思ったかがわかる。私たちは、自分たちが築いた生活に継続性をもたせたかったのだ。

あの年、ロンドンでの普段の仕事から離れ、私たちには時間があった。スティーブと私はそれぞれの研究論文に取り組んだ。休日と週末は四人で旅をした。

私たちはよく熱帯雨林へハイキングに行った。暗いうちに起きて、夜明けのコーラスを聞いた。あの神聖な歌声を私は六年くらい聞いていないし、聞くのは耐えられない。でもいま、鮮やかに思い出せる。遠くでふつふつふつと聞こえる声がクークーいう声や轟くような声になり、そこにインコのけたたましさと野鶏のクルックククルックという声がちりばめられる。その上にさらにジツグミのフルートのような声が乗り、もっと高音でムシクイの甲高い笛のような声。

私たちは頻繁に海岸で過ごした。ヴィクと私は誰もいない朝の砂浜を歩き、アラック臭い息をした漁師たちが網を引き込み、カラスが狂ったように群がっているのを見物した。スティーブは船から下ろされたばかりの、この上なく新鮮なマグロの刺身をつくり、「犬のおちんちん（人が長い時間そこを舐めることから、最高、という意味）」だと言って味わった。いま私は、南京袋いっぱいのムール貝を海岸の焚き火の上で、貝から出る汁だけで蒸して食べている私たちを思い出す。つるっと食べたあとの殻がブリキの皿の上でカタカタいう音、息子たちのまつげについた塩、夕焼け。マッリは一日のこの時間を、「空が手術台に載っている時間」と呼んだ。それが、T・S・エリオットの「プルーフロック」の冒頭数行の、彼のバージョンだった。どうしてだかよくわからないが、私はよくその詩を息子たちに聞かせていた。

私たちは何度もヤーラに行った。息子たちが歩けるようになる前から連れて行っていた。低木地帯をジープで探検していると、クレーターのようにでこぼこの道から熱が立ち上り、私たちの髪は赤い粉のような埃をかぶった。ヴィクはジャングルを理解していて、私はそのことが大好きだった。にわか雨が降る海岸でチドリをいちばんに見つけるのは彼だったし、ヤブヒバリの長くて堂々とした笛のような鳴き声も知っていた。私たちはいつも同じホテルに滞在した。行くたびにヴィクは土産物屋で「ヤーラの鳥のチェックリスト」を買った。私はその何冊もの冊子を、スティーブの二〇〇四年の手帳が入っていたのと同じ袋の中に見つけた。ヴィクは旅ごとに彼が見た鳥に印をつけていた。素早くページをめくってみると、どのページにも赤いペンで彼のうれしそうな小さなチェックマークが付いていた。

私はこの数年にわたって何度もヤーラに戻ってきていたが、コロンボから車で来る途中、ウダワラウェ貯水池に近づくたびに顔を背けた。ヴィクラムは、輝く水面の上空をタカが向かい風に乗って飛んでいるこの場所が大好きだった。二〇〇四年十二月二十六日の夜、コロンボに車で連れ帰られる途中、バンが貯水池の横をスピードをあげて通るときに、私は頭を膝のあいだに隠した。ヴィクは二度とここを見ることがないのだから、私も見ることはできないと、そのとき思った。六年後、私は同じ道をスティーブの姉と彼女の家族と通っている。そしてあの波以来初めて、その貯水池に差し掛かって、私はそこを見ることができる。

私たちの二〇〇四年の、九か月間のスリランカ滞在は、九月一日に終わった。私たちはちょうどりんごが赤くなるときにロンドンの庭に戻っていた。学校では息子たちが、戻ってきてうまく適応しているということで朝の集会でバッジをもらった。だからスティーブと私がクリスマス休暇の相談をしたとき、決めるのは難しくなかった。息子たちがコロンボにうまく根を下ろしている、そのつながりを密にしておきたい。短い旅でもいい。三週間だけ。

いつものように、スティーブはその三週間でやらなければならない様々な仕事を手帳に書き込んだ。論文の締切、電話会議、雑用。彼がロンドンからコロンボへのフライトの日付と時間を書き込んでいたのを見つけた。十二月八日の午後九時。三十一日の帰りのフライトについてのメモがなかったのは、あとで書こうと思ったのかもしれない。でも二十四日、二十五日、二十六日のところにまたがって、彼がその二〇〇四年の手帳に書いた最後の言葉があった。ヤーラ。


一度もそこを離れなかったのだ。ヤーラのホテルの近くの、潟のところに巣を作っていたシロハラウミワシのつがいは、あの波に怯えて去ってしまうことはなかった。あの波のあと、初めてここに戻ってきて彼らを見つけたときには、見つめることができなかった。ワシはヴィクのもので、私のものではない。それから私は強迫感に囚われた。戻ってくるたびにワシを見なければ気が済まなくなった。ちらっとでも見ないと立ち去れなかった。ワシたちに安心させてほしかった。でも、あの、すみません、と私は自分に尋ねた。何に対する安心？

もしかしたら私にはただワシを見るという気晴らしが必要だったのかもしれない、二羽のワシが、狩りをしようとさえせず、気品にあふれて、奔放に熱気流を滑空する様子を眺めた。他の鳥、水辺の脚の長い鳥たちやカラスは、この偉大な猛禽が近づくといつも恐れて大騒ぎする。そして警戒の金切り声をあげるか、群れでうしろから追いかけて飛び、嫌がらせて追い出そうとする。それでもワシは動じない。私はワシたちを見ていることで気がそらされて、ここにいることに耐えられたのかもしれない。私が略奪されたこの場所。

でも予期せぬことがあった。私は何年も経ったいま、潟の岸に立っている。そしてしばらくのあいだ、自分が見ているワシが別のつがいだということに気づかなかった。翼の羽根が少し小さく、黒ではなくて濃い茶色だ。これは若い鳥だ。ヴィクのワシは雛をかえし、いまは四羽になっていた。

こんなことを見るのは初めてだ。若いワシが飛び方を学んでいる。枝から突進するように飛び立ち、少しのあいだ漂い、そしていちばん近くの木にパタパタと急いで戻ってくる。それからもう一度やってみて、ずっこける。空中を何秒かのあいだ落下し、もう少しで羽根が絡まりそうになる。

そして、見て。逆さまのワシだ。若いウミワシの一羽が海に飛び込もうとして、逆向きになっている。頭から落ちているように見える。足がばらけて、爪は太陽を指し、白い腹が光り、顔は下を向かずに天を見上げている。

8

パンケーキのこととなると、私の頭は真っ白になる。やってみようと思っても、作り方を思い出せない。私は混乱する。あんなにしょっちゅう作っていたのに。私はかつての私からそんなに遠ざかってしまったのだろうか？　息子たちはパンケーキをレモン汁と砂糖のシロップで食べた。スティーブはチキンカレーとダール豆で。そして彼らはもう六年間、それを食べていない。自分でこう考えながら、私ははっとする。まるでそれが新しい事実であるかのように、愕然とする。私はこの六年に拳を突っこんで、その向こうにある私たちの生活を摑み取りたい。取り戻したい。

私は土曜の朝遅く、スティーブが昼食のベーグルでいっぱいの紙袋を持ってキッチンに入ってくるところにいたい。そしてそれをモッツァレラと、トマトとバジル、刻んだ青唐辛子といっしょにトーストする。スティーブと私はサンセールを一杯ずつ飲む。近所のパン屋のベーグルは、私たちがずっと以前、息子たちが生まれる前にふたりでイーストロンドンに住んでいたときにブリック・レーン・ベーグル・ベイクで買っていたものの美味しさとは比べ物にならない。その頃は、週末には映画のレイトショーに行き、家に帰る途中、あそこのオーブンで一晩中焼かれていた湯気の出る焼きたてのベーグルを買いに立ち寄った。午前三時にあの明るい電灯のついた店に詰めかけていたのは私たちとロンドンのタクシーの運転手たちだけで、ベーグル一ダースが一ポンドだった。私たちは息子たちに、失われた気楽な夜のことを話した。「あの頃はすごくよかった。私たちは一晩中出かけられたし、あなたたちに邪魔されないから、日曜日に好きなだけ遅くまで寝ていられたわ」彼らはしゅんとしていた。

夏には、週末の昼食になると、スティーブがバーベキューの火をおこした。レモングラスとライムと唐辛子のフレークでマリネしたイカ。近所にあったギリシャ系キプロス人の肉屋、ニコスで手に入れた、しょっぱいハロウミチーズのスライスとラムチョップとソーセージ。ニコスはいつもスティーブがイングランド人だとは信じられないと言っていた。「イングランド人はうまいもののことは何も知らない。あいつのどこがイングランド人なんだ?」と彼は尋ね、私が、私のいい影響なのよと答えると、納得した。

そして週末にはよくスティーブがたっぷりと食事を作り、私たちは友人を呼んだ。彼の家族が訪ねてきて、日曜日の昼食が二十人以上になることもあった。スティーブはラーンというインドのラムのローストの、我が家バージョンを作った。私たちは羊の脚を二日間、ヨーグルトとアーモンド、ピスタチオ、たくさんのスパイス、ミント、そして青唐辛子を混ぜたものでマリネした。スティーブはローストを見張り、肉が十分柔らかくなっているか心配して、たれを塗るとき、いっしょにジンを振りかけた。肉はな、と彼は言った。ほんとうに柔らかくてスプーンで食べられるくらいじゃなくちゃ。

もう少し静かな日には、アヒルの卵を調理してクランペットといっしょに食べた。息子たちはアヒルの卵に感心していた。手のひらで卵を包んでその重さを感じ、硬い殻をトントンと叩いた。ヴィクはそれでスピン・ボウリング（クリケットの投げ方のひとつ）をするふりをし、卵に指を絡ませ、腕を振り上げて前に倒れこむようにして、私がいらっとするのを楽しんでいた。そして結局は、変なアクセント（リバプールっ子のつもり）で「おちつけ、おちつけ」と言いながら卵を置いた。その言い方は父親から学んでいた。いつもの毎日。そう思っていた。

アヒルの卵は、パルマーズグリーンの、日曜日のファーマーズマーケットで買った。そこに行くたびにマッリは迷子になった。たいていは紫の茎ブロッコリーが山盛りになっているところから、彼の髪が赤ちゃんサギのように飛び出しているのを見つけた。八月には緑のプラムを買った。たいていそれは柔らかすぎず、若すぎず、完璧だった。春にはスティーブがアーティチョークを買った。彼はそれをにんにくと月桂樹の葉といっしょに蒸し、みんなで熱々を食べた。スティーブは息子たちに花弁状の一枚ずつをはがして下の歯で柔らかい部分をこそげ取るコツを教えた。そして自分が十歳くらいの頃、フランスのどこかを父親の大型トラックで旅していたときに、初めてアーティチョークを食べた様子を話した。

私の義父、ピーターにとって、大型トラックでヨーロッパの道を何週間も走り続けることの孤独は、ワインと食べ物で少し埋め合わされていた。ピーターはトラックの運転手たちが停まるところで出される卵とポテトフライを避けていた。その代わりに彼は毎晩、連結されたトラックで細い田舎道をぐるぐると走り、フランスかイタリアの村の、友だちになった家族がやっている小さなレストランにたどり着いた。それは毎日一つのメニューだけをつくり、自分たちの居間で食べさせるようなところだった。スティーブは七歳くらいのときから、夏休みのあいだは父親といっしょにヨーロッパへ長い旅に出ていた。その旅で彼は初めてリゾットや、うさぎとベーコンのシチューや、ブイヤベースや、缶から出てくるのではないラビオリを食べ、そのすべてを愛した。地元の友人たちは、彼の旅を羨んだ。でも彼が食の冒険の話を始めると、ぽかんとして見つめて「何だそりゃおまえ」と言い、サッカーでお互いの体を痛めつけることに戻り、「外人のものを食べた」と言って彼を糾弾した。七〇年代初めのイーストロンドンの公営住宅では、外国人のものと関わることは人気がなかった。

でも、スティーブの家族にとってはちがった。スティーブの父親はラングーンで生まれ、そことインドの西部とで暮らし、一九四六年、十歳のときに、両親と三人の兄弟といっしょにイングランドに来た。家族に伝わる話によると、十七世紀の中頃にウィルヘルム・リッセンブルグという名の人がオランダの北部から商船に乗って南インドに渡って以来、ヨーロッパに戻ったリッセンブルグは彼ら家族が初めてということだった。一家がイングランドの、ボーンマス近くの小さな海辺の町に落ち着いたとき、スティーブの祖母とその姉妹たちは長い距離を運転して、パラチャンというピリッと辛いエビのペーストをつくるためのスパイスや材料を探した。私の義理の母のパムは、結婚するとすぐに、スパイシーなものを食べることやチキンカレーの作り方を覚えた。

だからスティーブは、母親がつくるカレーを食べて育った。それはバンガロール製でブリキの缶に入ったボルツのカレー粉を使ったカレーで、イタリアやフランスから週末に帰ってくる父親が喜んで食べていた。

ヴィクとマッリは、おじいちゃんが大型トラックの運転手で、スティーブが小さいときにトラックに乗って旅をしていたという話を聞くのが好きだった。私たちはゆっくり時間をかけて昼食をとりながら、スティーブがトラックの中の寝台で眠り、イタリアン・アルプスの長いトンネルを走りながら宿題をしたという話を聞いた。ヴィクはスティーブがおじいちゃんの巨大なコンテナを積み下ろす手伝いまでしたことを聞いて感心していた。マルは、そこにトマトしか入っていないこともあったという話に懐疑的だった。信じられない、そんなにたくさんのトマトなんて。マッリ風の言い方だと、しいぃぃんじられない、という感じ。

この会話は必然的に、スティーブの選んだ職業にヴィクが文句を言うことに行き着いた。彼はスティーブがほんとうにヘマをやったと不平を言った。「どうしてパパはトラックの運転手じゃないの？　研究って何？　研究って大嫌い、ほんとにつまらない。チャーリーのパパは警察官だよ、それってトラックの運転手よりもっといいんじゃない？　じゃない？　と思わない？」

私がプディングを与えると、ヴィクは文句を言うのをやめた。秋にはよく、りんごとブラックベリーのクランブルをつくった。私たちの庭の二本のりんごの木は、めちゃくちゃに実が生る。森へ散歩に行って、ブラックベリーを摘むこともあった。スティーブは息子たちに茂みの高いところに下がっている房だけを採るように指示した。彼は「僕のおじいさんは下の方の実を、おしっこかけられた実と呼んでたんだ」と息子たちに言い、息子たちはその呼び方が気に入っていた。そのあと我が家のオーブンでは、おしっこ無添加のブラックベリーがクランブルの下で弾け、バターいっぱいの生地の上を紫の溶岩のように細く流れた。

我が家では、プディングはマリーがいちばん上手に作った。彼女は私たちにとって子守よりもずっと大きな存在で、友だちだった。そして私たちを美味しい食事で甘やかした。彼女はバターミルクのブルーベリーマフィンをつくり、すりおろしたココナッツと椰子の蜜の入った丸いパンを焼いた。スティーブと私が仕事から戻ると、蒸したてのストリングホッパー（細い米の麺）の温かさと、黒く炊いたツナカレーが陶器の壺の中でグツグツいう強い匂いが迎えてくれた。カレーはスパイスがたっぷり効いて辛く、ゴラカという乾燥してぴりっと食欲をそそる実をたくさん使ってあった。

スティーブはシーフードの料理をつくるのが大好きだった。ロンドンでは私たちはノース・サーキュラー・ロードのはずれのウィング・イップ・スーパーマーケットで生きたロブスターを買ってきた。私は、カウンターのうしろの男が私たちの炒めもののために水槽から生きたロブスターを何匹かとって、殺して、叩き切って、爪を割るところを見ないようにした。その晩私たちのキッチンでは、ロブスターのぶつ切りが、黒豆、生姜、エシャロットと赤唐辛子フレークのソースの中でカリカリになった。爪がうまく割られているとそこに液体が入り込んで中の身が美味しくなり、スティーブは息子たちが箸で身を掘り出すのを手伝った。私は、息子たちの歳の頃、スリランカで休暇中に、両親が市場で南京袋いっぱいの生きたカニを買って、昼食にとってもとっても辛いカニカレーを食べた話をした。そして大人たちはいつも昼食の前にフレッシュなヤシ酒を飲んだこと。そのヤシ酒が吐瀉物みたいな臭いがして、私と従姉妹のナターシャは借りていたバンガローの階段に座って、臭くて吐きそうになりながら泣いていたこと。息子たちは私たちがひどい目に遭っているところを想像して大喜びした。

私とスティーブの魚の探求は、ときに私たちを夜明けにビリングスゲート魚市場へと向かわせた。友人たちは、子供たちを置いていけるようにマリーを泊まらせて四時に起きている私たちを、かなり頭がおかしいと言った。「ふつうにウェイトローズ（イギリスの高級スーパー）に行けばいいじゃない」と不思議がった。大きな魚市場のきらめきが友人たちにはどうしてもわからなかった。

私たちにとってそれは至福だった。身を刺すように寒い朝に、ほとんど焙煎されていない紅茶のような味のコーヒーをプラスチックのカップから飲みながら、露店から露店へとうろつき回った。立ち止まって、デボンクラブの紫に光る甲羅や、オリーブ色のマトウダイの深海魚らしい不機嫌そうな顔と鉤爪のように尖った背ビレに見とれた。いちばん明るい目をしていて触ると跳ね返してくるような身のタイを探し、いちばんふっくらしたアンコウの尻尾を探した。スルメイカを箱いっぱい買い、ピンクっぽく光る外皮に覆われた紋甲イカを丸ごと買い、マグロや、ときにはメカジキを買った。家に帰るとスティーブはマリーにスルメイカと紋甲イカをきれいに処理してくれないかと優しく頼もうとして、とんでもないと追いやられた。明け方に出かけて行って大量の魚で家中を臭くさせるくらい頭がおかしいんだから、自分で処理すればいいんです。そしてスティーブは労働年金省に出すレポートをますます遅らせて、手を頭足類の粘液まみれにしてキッチンの流しで作業した。

息子たちは、私たちの早朝の冒険に興味を持っていた。大きな尖った角を持つ、まるごと一匹のカジキを見たか、と聞いてきた。私はふたりに、私がスリランカに住む少女だった頃、棘が飛び出しているカジキの角を持っていて、寝室の本棚に置いていたことを話した。

私がその角を手に入れたのは十二か十三のときだった。私たちは国の北西部にあるウィルパットゥという国立公園で休暇を過ごしていた。ぼこぼこした土の道を何時間も走って、ジャングルの奥深くにある漁師の村に行った。両親と叔父や叔母たちは、いつものようにロブスターやカニを探していた。カジキの角は壊れた双胴船にひっかけてあって、私が興味深げに眺めていると、とてもハンサムな若い漁師が来て私にそれをくれると言った。それまではカニ探しの無駄な旅だと思っていたのが楽しくなってきたそのとき、叔父のバーラがつかつかとやってきてその若い男にこの子と結婚しないかと尋ね、いつも成績がクラスでトップだと、私のいいところを述べ立てた。可哀相な男は恥かしさとショックで、急いで行ってしまった。でもそこにいた誰かが、彼の写真を撮っていた。胸をはだけ、青と黄色のサロンを着て、黒い紐にサメの歯を結んで首に巻いている。何年かあとに私はその写真を、幼な妻になることに失敗して入学したケンブリッジ大に持って行った本の中に見つけた。写真はいまでもロンドンの家にある箱に入っている。それを一度息子たちに見せたことがある。「パパよりずっとハンサムじゃない？」と私は聞いた。ヴィクは「そんなことないよ！」と怒った。

こんなことを思い出したくない。ひとりではいやだ。スティーブといっしょに懐かしく思い出したい。例えばある日、私たちが昼食に抜け出したようなときに。私たちはクラウチ・エンドのラ・ボータにいるだろう。赤ちゃんダコの炭火焼がとってもジューシーだ。あの頃はふたりとも家で仕事をしていて、あまりはかどらなかった。スティーブは私がどこの部屋にいてもしょっちゅう顔を突き出し（「十一時のお茶？」）、私たちは庭に座ってお茶を飲んだ。さもなくば書斎に私を呼び（「これ覚えてるかい？」）、彼がケンブリッジで私に教えてくれたエルビス・コステロの曲とかをかけた。スティーブはあの頃、確かにエルビス・コステロのものまねがうまかった。曲は「アリソン」で、Alison は Sonali のアナグラムだと、私がまだ彼をそんなに意識していなかった頃、大学の彼の部屋で自慢気に教えてくれた。「ふうん」と私は最初にその歌詞を聴いたときに思った。「聞いたよ、僕のちょっとした友だちのあいつが君のパーティドレスを脱がせたらしいね」

日中を無駄に過ごしたあと、スティーブは夜遅くまで仕事をし、午前二時、三時になるのは普通だった。でも私たちはいつも、息子たちが寝てしまったあと、ふたりだけで急がない夕食を食べる時間は確保した。いま、私にはスティーブがダール豆を料理しているのが見える。シメイの瓶を片手に、コルトレーンを聞きながら、ぶくぶく泡立つ油を見張ってマスタードシードが弾けるのを待っている。気味が悪いけれど完璧だ、と彼はコルトレーンの「ブルー・トレイン」のことを言う。料理をしながら、架空のバスケットボールのリングに向かって飛び上がってダンクを決める。ねえ、いっしょにバスケットボールしようよ、と彼はいつも言い、私は眉を吊り上げて椅子に足を上げた。私は彼がエンジェルデライト（牛乳を混ぜてつくるデザートの素）のイチゴ味が好きだったことを懐かしがって話すのにもいらいらした。

金曜日の夜、ベビーシッターが来てふたりで外出するときの自由な気分も思い出す。私たちはプリムローズ・ヒルのオデットかチャイナタウンのブルーダイヤモンドで食事をした。フリス・ストリートのバー・イタリアに寄ってダブルエスプレッソを頼み、どんなに寒い夜でも外の歩道でゆっくり啜った。もしくはイーストロンドンのグリーン・ストリートまでわざわざ車で出かけ、最高のナンを出すパンジャビカフェに行った。夜、ロンドンを車で走り回るのは大好きだった。街が正当に自分たちのものに感じられた。純正のロンドンっ子であるスティーブは街を理解していて、私は彼といることで街を学んだ。そしていま、それらの場所を再訪すると、私はあのいつもの気持ちのいい夜を思い出して、たびたび心が温まる。でもたびたび揺らぎもする。スティーブのいないロンドンがどうしてあり得るのか？

イングランドでの最後の日曜日に、私たち四人が車でノースロンドンの家に帰るところを思い出す。母にクリスマスプディングを買いに、フォートナム&メイソンへ行ったのだ。スティーブは息子たちに、郵便局のタワーの近くの、彼の研究所が引っ越すことになっている新しい仕事場を見せたがった。雨が降っていて、私は急いで帰ろうとしていた。「一月に帰ってきたときにしてよ」と私は言った。その日はフォートナムで昼食を食べ、ヴィクは私たちがようやく彼を英国式のレストランに連れて行ったことを喜んでいた。マッリが自分のことをスリランカ人だと思っていたのに対して、ヴィクは、自分はパパと同じイングランド人だと言い張った。スティーブはその日、コロンボから戻ったときのために、大好物のダークライムマーマレードも買った。

友人のアニータが、あの一月、私たちの家のキッチンを、ジャムもマーマレードもすべて片付けていた。初めて家に戻ったとき、戸棚でピカピカ光っている空のスパイスの瓶を見つめて、めまいがした。いま、ロンドンに来るたびに、私はまたキッチンに少しずつものを補充している。白い陶器の瓶が、ターメリックや、クローブや、シナモンや、フェヌグリークや、干した魚のフレークで再び満たされていく。でも私たちのキッチンにあって、私がちらりと見ることさえできないものもある。私はスティーブのオイスターナイフを触ることができない。彼の料理本を開く勇気がない。『セイロン・デイリー・ニュース・クックブック』の、スルメイカのバーベキューのページに唐辛子オイルの滲みを見つけたり、ナスカレーのページにマスタードシードの跡を見つけるのは耐えられない。

スティーブは、スリランカに初めて来た日の夜、真夜中に、ゴール・フェース・グリーンの海に半分服を着たまま飛び込み、私は彼に頭がおかしいと言った。それは一九八四年のことで、彼は十九歳でケンブリッジの二年目、私は三年目だった。スティーブと、友だちのケヴィンとジョナサンは、その夏、私といっしょにコロンボに来ていた。あの夜、彼らは三人ともシャツをさっと脱いでタールで舗装された遊歩道から八月の波へと飛び込んだ。そこの海が汚れていることや強い海流が潜んでいることを話す隙もなかった。私たちは散歩をするために海際に来ていただけで、泳ぐためではなかった。そして私は、汚ない足とびしょびしょの短パンと水が滴る下着姿の彼らを車に乗せて帰らなくてはならなかった。狂ったバカな子たち、と私はあとで彼らを叱り、いつものようにスティーブは子供と呼ばれるのに異議を唱えて自分は大人の男だと言い、いつものように私は彼を小バカにした。

あの最初の夏、家の前の通りで、スティーブはシャツを脱いで裸足で、近所の小さな子供たちとクリケットをした。ケヴィンとジョナサンと彼は、庭のうしろの高い塀に座って、ライオンラガーの大瓶をぐびぐび飲んだ。彼らは父の書斎で父を囲み、古い地図のコレクションを仔細に鑑賞した。夕食どきにはストリングホッパーとエビでお腹をいっぱいにし、母のエビカレーへのスティーブの傾倒ぶりはこのとき始まった。そして夕食のあと私は、バルコニーから私の寝室につながるドアの鍵をスティーブのために開けておき、彼は階下でケヴとシェアしているダブルベッドで、私の両親がようやく床につくまでじれったく待っていた。あの頃私の部屋にはまだ、誰かが私の十三歳の誕生日にくれた、女の子がバイオリンを弾いている趣味の悪い絵がかかっていた。

スティーブとケヴとジョナサンは、あの夏の三か月間、国じゅうを旅する資金を五十ポンドずつだけ持っていた。スティーブはバスで私の隣りに座り、窓から突き出した肘は太陽で焼け、南海岸の見慣れない地形に興奮していた。子供が前の席で吐いて、私は鼻をつまんだ。ウナワトゥナの海岸で、ジョナサンは大きなぱたぱたする帽子をかぶって木の下でレーニンの伝記を読み、ケヴとスティーブは荒っぽい喧嘩の真似ごとをしてお互いを投げ飛ばし、「かかってこい、やれるもんならやってみろ」と、繰り返し唱えていた——すごく子供っぽい、と私は思った。もっと深い感情もわかるんだと私に証明するために、彼らは岩の上に座って「ソング・トゥー・ザ・サイレン」を歌い、これが「ジョン・ピール・セッションズ」（BBCラジオ1の人気ロック番組）で流れるのを初めて聞いたときには心臓が止まったと力説した。

私たちは、私の両親とグランドホテルで数日を過ごすために汽車に乗ってヌワラ・エリヤへ行き、スティーブは着替えをカバンに入れてくるのを忘れた。なんてバカなの、カバンがちょっと軽すぎると思わなかったの、と私は尋ね、ケヴとジョナサンが貸す服がなくなると、彼は構わずに私の服を着た。ケヴは、ピドゥルタラーガラ山の上で、私の緑の上着を着てバカみたいに見えるスティーブが苔に覆われた木の枝にぶら下がっている写真を撮った。

その最初の旅から四回目の夏、スティーブは新しいスーツと彼のザ・スミスのテープ全部と私の祖母のための大きなカートンの免税タバコを持ってスリランカに来て、私たちは結婚した。私たちはそれから二年間、コロンボで暮らした。借りていたアパートは、古い石の浴槽があり、磨きすぎたセメントの床で、インシーという名の巨大な蜘蛛がキッチンの流しのうしろに隠れていた。

そして毎晩「アベレージ」をやった。私たちは夕食のあとテーブルに座り、蚊がふたりの裸足を味わった。スティーブが私に『ウィスデン・クリケット年鑑』を渡し、「何か聞いて」と言う。私は「一九八七年のグレアム・ヒックは？」と尋ねる。「六十三・六一」と彼が答える。「一九七五年のヴィシワナスは？」「八十五」「マイケル・ホールディングは？」「二十三・六八」「一九六五年、カウドリーは？」「七十二・四四。ちがうちがう、七十二・四一」そうやって続いた。これはバッティングかボウリングのアベレージだった。彼は小数点以下第二位まで正しくないと気が済まなかった（そして実際、正しかった）。わくわくする結婚生活。

スティーブは私の家族のリズムをわけなく学んだ。母と叔母たちの午後の噂話に加わり、サリーのことや有名人のことを質問して彼女たちを焚きつけた。母の新しいイアリングのルビーを褒めて絆を深め、彼女の貴重な銀の器がFAカップに似ていると言い張って怒らせた。それでも母は毎日、彼が経済を教え、大いにバスケットボールをやっていた学校へお弁当箱に入れた昼食を届けさせていた。昼食が届くのが遅いと彼は両親の家に電話をかけた。料理人のサロージャは彼を、彼がやめてくれるように懇願しても、スドゥ・マハッテヤ（「白い紳士」）と呼んでいた。サロージャは誰が電話してきているのかわからず、スティーブは大きな声で「こちらは白い紳士だが」と宣言しなければならなくなって、職員室の他の教師たちをぎょっとさせた。スティーブは私の若い従兄弟たちにロンドンの話をして感心させた。彼とデイブがブリック・レーンで、新聞を配っている重いブーツを履いたファシストに楯突いた話は、彼のバージョンでは、ふたりがさっさと追い払われてこそこそといちばん近いパブに入ったというところが端折られていた。スティーブは私の父と叔父にビールとウィスキーの量で張り合おうとしたけれど、ちょっと追いつけなかった。パパはスティーブにサロンの正しい結び方を教えた。

満月の夜の寺院では、祖母が物乞いの列にゆっくりとコインを配り、彼らが来世での繁栄を祈ってくれるあいだ、スティーブは祖母の腕を辛抱強く支えていた。そして祖母が彼に「あなたがとても好きよ、スティーブ。でもソナーリがシンハラ人の医者と結婚すればよかったと思うわ。

あ、気にしないでね」と言ったときには、もっと辛抱強く微笑んでいた。

結婚して最初の何年か、スティーブと私は、彼が学校から借りたガタガタの赤いバンでスリランカじゅうを旅した。バンはホートン・プレインズの急な坂道をつっかえつっかえ進んだ。ひんやりとした草原では、何百頭もの姿の見えない大鹿（サンバー）の光る瞳が黄昏の霧を射抜くのを見た。そしてスティーブが「ブレーキがいかれちゃったみたいだ」と落ち着いた声で言ったのは、急勾配の道をそろそろと滑り降りてきたあとだった。ミンネリヤ湖の岸辺の泥の中をスリップしていたときにいかれていたのは、ブレーキではなかった。スティーブがバンのタイヤの溝がほとんどなくなっているのに気づかなかったことを私が怒鳴っているそばで、カンムリワシが魚の内臓を割いていた。

その赤いバンでいちばん頻繁に旅したのはヤーラだった。私は子供の頃、数えきれないくらいの家族の休暇をそこで過ごしていた。ジャングルの中のバンガローに一週間滞在して、両親と叔母や叔父たちが持ってくる子供用の水やソフトドリンクはいつも足りず、ビールの量はなぜかいつもぴったりだった。夜になると屋外のベランダにベッドを八つ並べて眠り、私たちと、月光の中に現れるゾウとのあいだには、高さ一メートルの壁しかなかった。私は乾季にジープで走り回るのが大好きだった。ジャングルはグレーの格子模様で、ウッドアップルの木の萌える緑や、樹皮が裂けたところの赤だけがその単色を破っている。雨が来るのが好きだった。道がスポンジのように水を含み、木がたちまちライムグリーンになり、草は夕方の光で苔のように見える。弟と従兄弟たちがジープの後部座席で最後の数滴のファンタを巡って口喧嘩しているあいだ、私は父の隣りに座って鳥のことをたくさん学んだ。

一九八〇年代後半になるとスリランカ南部で暴動があり、つまりヤーラ国立公園に来る人はほとんど誰もいなくなった。だからスティーブと私はふたりだけの孤独を満喫し、海辺の誰もいないホテルに一度に何週間も滞在した。スタッフはキャロム（ビリヤードに似たボードゲーム）をするのに忙しく、バーから勝手にビールを取らせてくれた。暗くなると長い牙と千切れた尻尾のオスのゾウが外を歩いていた。やがてそこはもっと高級になった。そこはあの波が襲ってきたときに私たちがいたのと同じホテルだった。

スティーブは、四輪駆動のジープでしか行くべきでないところにあの赤いバンで行く自分に非常に満足していた。私たちは岩の上を横滑りし、深い砂で苦労し、ほとんど流されてしまっているトレイルでもう少しで横転しそうになった。よく、細い道でゾウの群れに遭遇した。私たちは脇に停まってゾウたちを通した。ときどきゾウは私たちにうんざりして、弱っちい赤いバンの前に並び、鼻を絡ませ、砂を蹴り、ごうごうと喉を鳴らし、突進してくる準備をした。スティーブがエンジンをかけようとしてキーに手を伸ばすと、キーは落ち、ようやく脱出できたのはシートの下をかなりごそごそしてからだった。スティーブはあとになってこのときのことを「アリ　マディワタ　ハラク」と笑いながら語り、私は気の利いたことを言おうとしている彼をからかった。彼は母が使う無数のシンハラ語のイディオムをいくつか覚えていて、これは「（穀物を台無しにするのに）ゾウが来ただけでも十分悪いのに、今度は牛まで来た」という意味だ。

毎晩私たちはホテルの近くの潟の脇にあった岩の上でビールをちびちび飲みながら、その日の冒険を数え直し、未来を夢想した。子供の頃、私はずっと国立公園のレンジャーになりたかったし、スティーブもその頃には私と同じだけ野生に入れ込んでいた。だから私たちはイングランドに戻って経済学で博士号を取る計画をキャンセルすることにした。ナチュラリストになってジャングルの中でテントで暮らそう。実際にはもちろん私たちは経済学の博士号を取るためにイングランドに戻った。でもあのヤーラの夜、沈んでゆく太陽が潟に深紅のガラスが砕けたようなコーティングを施していたときには、私たちの夢は完璧に意味をなしていた。

二〇一一年、ミリッサ海岸沖

二頭のシロナガスクジラが私たちの船の下に滑り込む。私は手すりから乗り出して見る。太陽があたっている水の中で、このクジラたちはほんとうに青い。ありえないような輝きのアクアマリン色だ。その直後に、大きな水流の音とともに彼らは水面に上がってくる。まだらなグレーがはっとするほど近い。遠くにも、水を噴き出しているクジラが見える――海面から大量の水が噴出してすぐに消え、速いスピードで動いている。私は全部で十一頭のクジラを確認する。近くにいる二頭は泳ぎ去らない。私たちの船の周囲を回り、何度も何度も船の下に隠れ、脅しているのか遊んでいるのかはわからない。夜明けにミリッサの港で最初にこの船を見たとき、私は友だちのマラーティに、心許ない船だと言った。いまはもっとそう感じる。

それでも私は、おじけづくよりも魅了されている。シロナガスクジラは初めて見る。海のうねりで揺れる船の上で、私は体勢を安定させる。

私たちの船は一隻だけで、スリランカの南の海岸から三十キロ離れた濃い青の海にいる。他のボートは視界になく、最後に陸を見たのは数時間前で、空はからっぽで鳥はいない。私はこの何もない空間を拡張し、私たちの南が限りない海で、その先は南極だということを考える。ここの海は深く、水深二千メートルまで下がるとそこには完全な暗闇があり、目のない魚がいる。ヴィクはそのミッドナイトゾーンのすべてを知っていた。

そしてヴィクはシロナガスクジラの不思議に強く心を動かされていた。その巨大さに興奮していた。バス三台分の長さ、ゾウと同じ重さの舌、車くらいの大きさの心臓、どうしてそんなことがあり得るの？　彼はその古代からの存在と起源とを畏怖していた。クジラは六千万年も前からいたけれど、犬みたいな姿をしていたってほんとう？　船がダッダッとエンジン音を立てて小さい港から出るときにこれをすべて思い出した。私はこの船に乗っているべきじゃない、と、船酔いを止めるためにジンジャービスケットをもぞもぞ食べながら考えた。ヴィクはシロナガスクジラを見ることができなかった。ヴィクが行けないのに私がクジラを探して海に出ているべきじゃない。彼がいないことが苦痛になる。私は大変な目に遭うだろう。

そしてさっき、この木の船の私が座っているベンチが昇ってきた太陽の熱で温まってくると、彼らの不在が私に押し寄せた。あのいちばん前の船首のところ、あそこはスティーブとヴィクが座っているべきところだ。マッリはこの手すりに頭をもたせ掛けているはずだ。太陽の光が、彼のツヤツヤした黒髪に隠れている赤い色を探し当てているはずだ。私はあの隅にビーチサンダルを脱ぎ捨てているけれど、その上にはあと三足が積み上がっているはずだ。私たちはいつも、静かで柔らかい朝の海が大好きだった。シロナガスクジラという崇高なものを見つけようとする期待の前に、私は彼らの不在を、ときどき成功するようにはしまいこんでおくことができなかった。

それは勢いよく飛び出してきた。

船が外海に出て、海岸線はうしろでねじれて傾いた。私たちがあまりによく知っている南西の海岸線。いま私はそこを眺めた。ミリッサ海岸のいちばん端で、明るい波がごつごつと露出した岩に打ち付けている。ギラガラ、または「鸚鵡岩」と呼ばれている岩だ。その左手には、波のない浅瀬に色とりどりの漁船が身を寄せ合っているウェリガマ湾の砂の曲線。そして向こうには、大英帝国灯台サービスが十九世紀末に建てた、デウンダラ岬の八角形の灯台。私はそこがスリランカの最南端だということを息子たちに何回話しても飽きなかったが、お腹が空いて赤いバナナしか食べたくなくて癇癪を起こしていたマッリは関心を示さなかった。スティーブと私は近い将来、この海岸に家を持つ計画だった。

彼らが死んでからの六年間、私にとってこの風景は許容し難かった。ここのつまらない絵葉書っぽさを拒絶した。あの海岸や湾はきれいすぎて、おとなしすぎて、私の痛みに対抗することも、受け止めることも、少しもできない。

二匹のトビウオが尾を振りながら海から飛び出した。空中を少しふらついて進んでから、ヒレを紗でできた羽に変えて、エメラルドの海の上を滑空した。船は沈みこみ、横揺れした。私たちはもう二時間近く沖にいて、クジラの気配はなかった。太陽は高く、水面に花火を咲かせていた。

マラーティと私は、何人かの船員を率いてこの船を操縦しているラジェシと話をした。最近までラジェシは漁師だった。彼の家族も、何世代にもわたって漁師だった。そうしたら数年前に誰かが、ここの水域がシロナガスクジラとマッコウクジラの回遊ルートであることを発見した。いまは年の初めの数か月、モンスーンがないときには、ラジェシはホエールウォッチングのツアーをやっている。彼はシロナガスクジラがいるところで潜った話をしてくれた。からっぽの海に、南に向かうコンテナ船が現れた。ラジェシは私たちに、船が通過すると大きな波が立つから手すりにしっかり摑まるように指示し、それはほんとうだった。彼は巧みに船を操ってそこを抜けた。とても手馴れていて、筋肉隆々、頬には素敵な傷跡があった。スティーブに、私が好感を持っているところを見せてやりたい。

クジラの初めの一吹きが見えて私たちの船が加速しているとき、私はロンドンの家の私たちの居間にいた。ヴィクと私は赤いソファで「ブルー・プラネット」を見ている。二頭のシロナガスクジラが画面に現れ、ヴィクが息を呑むのが聞こえる。果てしない海にいるクジラは、空撮によってどんなに小さく見えても、それでもとてつもなく大きい。クジラが泳いだり潜ったりして、ヴィクが自分の髪をねじる手がどんどん速くなる。船が水を切って進む中、私はその先にいるクジラが消えてしまえばいいと思った。ヴィクがいなくてはクジラには耐えられない。

でも数キロ先でまたひとつ霧のような潮吹きが誘いかけてきて、野生の神秘を求める気持ちが私を負かした。シロナガスクジラだ。私は高揚した。そして「ブルー・プラネット」の音楽、BBCコンサートオーケストラが演奏する、賛美歌のようなシロナガスクジラの曲がよみがえってきた。私はたじろいで、その記憶を乱暴に追いやった。うるさい、やめろ。

いま、マラーティと私は屋根のない甲板の手すりにしがみついていて、目は船の傍にいる二頭のシロナガスクジラに釘付けになっている。私たちは興奮して熱中している。これは、これまで生存した中でおそらく最大の生き物で、マラーティが言うには最も見つけにくいもののひとつだ。ラジェシは船のエンジンを切っている。船体に波がぱしゃぱしゃと当たる。

　こんなこの世のものとは思えない大きさの生き物を把握するのは難しい。二頭のクジラは私たちの船のまわりを周回している。その動きには持って生まれた気品があり、何か強い意志があるかのようだ。その姿は圧倒的で、神聖な感覚を受ける。私はここにいることが嬉しく、感謝したいくらいだ。

　私はすべてのディテールを求める。このシロナガスクジラの魔法のすべてを吸収したいのは、もしかしたらヴィクにはそれができないからかもしれない。私は、彼ならそうしたように海を探る。水中がわずかに揺れ、泡の塊が水面に上がってくる頭の先触れをする。その形は古代のアーチのようだ。クジラが息をし、空中で水のフレアがシューッと音を立てる。私はもっと見たくなる。頭がもっと高く上がってきて欲しい。あの巨大なプリーツの入った顎。もしかしてブリーチング（海面上に大きくジャンプすること）をしてくれたらもっといい。でも私の願いはそのままに、頭はすぐに沈んでいく。

　このクジラたちは自らの巨大さを隠していて、私の熱心な視線にほとんど全体像を晒さない。一頭が水面下をゆっくり進むと、輝く青が何度も何度も弾けるのが見える。もう一頭が水面に現れ、体の前の方が曲線を描いて海の中に戻って行くと、残りの体が出てくる。この滑らかな動きの速さは、信じられないくらいの体積を引っ張っているようには見えない。クジラたちは自らの謎を保っている。取り残された私は、彼らの力を推測するしかない。

船で働く男たちが、ここ数日、この海にクジラが見えなかったと話す。日本で津波が起きてからは見ていなかった、と彼らは言い、この動物が津波に動揺したのだろうかと考えている。日本の地震と津波から五日が経った。私はテレビに映る映像を見ないではいられなかった。それは恐ろしいものだったけれども、あの黒い水が通り道にある町をすべて粉々にしていく、その凶暴さを見たいと思った。ああ、これが私たちを捉えたものなんだ、と、日本の防波堤を飛び越えてくる波を見て思った。私はこの中で攪拌されていたんだ。あのとき私は、その規模を見ることはなかった。この同じ海。いま、罪のない青で私を見ている。それがあんなふうになったとは。

海が私たちを襲ったとき、このクジラたちはどこにいたのだろう？　と考える。同じ海にいたのだろうか？　何かおかしな気配を感じただろうか？　遠くにいた別のクジラがいま近づいてきた。息を吐き出す、大きな低い轟きが聞こえる。今度は息を吸いこんでいる。この広大な場所に響き渡る、悲しげなため息が聞こえる。

私は沈黙している。いま私はデッキの湿ったクッションに座り、もうあのクジラたちのすべてを見たいというやむにやまれぬ気持ちではなくなっている。さっきまでの心の不調和は和らいでいる。ヴィクなしでクジラを見ることを恐れてはいない。思い出すことから必死で身をかわさなくてもいい。私はこの動物たちの美しさ、純粋さに気持ちが緩み、穏やかになり、平穏を味わっている。それからまた私は見る。すごい、今度はクジラがうんちをしている。膨大な赤いつやつやしたものがゆっくりと青い水に溶けていく。ああ、ヴィク、あなたに見せたい。すごい量のオキアミ。

永遠にこの船に乗っていたい。私は海からのそよ風と揺れる船にゆすられて、なだめられている。海の、この無限の広がりが居心地が良く感じる。シロナガスクジラたちは非現実的で不可解だけれど、彼らに囲まれて私はしばし落ち着いている。なぜかこの船の上では、私に起こったことを信じられない気持ち、私の喪失のありえない真実を、鎮めることができる。いつもはそれを圧縮したり形を変えたりして、ようやくそれに耐えられるように——料理をしたり、教えたり、歯にフロスをしたりできるように、しているのだ。この生き物の威厳が私の心を緩め、すべてをまるごと受けとめられるようにしているのかもしれない。それとも私は、この、この世のものとは思えないシロナガスクジラにトランス状態にさせられている?

空と海がぼんやりとしている中で、私は夢の中にいるような気がする。クジラが今度はダイブする。初めてシロナガスクジラの尾の、巨大な尾びれが水面から出るのを見る。跳躍は数秒のことだったが、私にとってその時間はゆっくりほどける。持ち上げられた尾から滑り落ちる水が、固まって鍾乳石になってしまいそうだ。

そして私はいま、別の夢のことを思い出す。あの波から何か月かしたあと、アニータが、クリスチアーナが見た夢の話をしてくれた。彼女はそのとき八歳で、自分の友だちを亡くして当惑していた。ある朝、朝食のときに、クリスチアーナはヴィクとマッリが家に戻ってきたと言い張った。彼女はその前夜の、自分の夢を話した。彼女はヴィクとマッリを見た。ふたりは手をつないで、海から歩いて出てくるところだった。

ダイブしたクジラの尾が水を打ち、青の中に消えていく。これは深い潜水だ。クジラは私たちから去ったのだ。尾が水面につくったガラスのような刻印が見えて、すぐに滑らかになって消えた。海は朝の静けさを失いつつある。昼になり、波が集まり、船が振動する。

私たちは岸への帰路につき、私はマラーティに、シロナガスクジラと私とスティーブとは長い縁があることを話す。スティーブが昔、私にしてくれた話があった。その話を聞いてから、私はスティーブを、イーストロンドンからケンブリッジに入れた、いっつも酔っ払ってる十八歳の男という以上に意識するようになった。彼は私に、六歳のとき初めて自然史博物館に行ったときの経験を話してくれた。それは学校遠足だった。彼は、何が待っているかを知らずに、シロナガスクジラの展示室に入った。そしてシロナガスクジラの等身大の模型を見た。自分の中に沸き起こった感情の強さに、目から涙があふれ出た、と彼は言った。それは、それまででいちばん心が動いた出来事で、彼は完全に圧倒された。こんな雄大なものが存在できるなどと想像したことがなかった。彼は自分が住んでいる自治体の区域からほとんど出てみたことのない小さな子供で、それがいまこんなものを見て、啓示を受けた。でも同時に彼は恐れた。涙の痕跡をちょっとでも見せたら、友だちにいじめられることがわかっていた。彼が通っていた街中の学校では、たとえまだ六歳であっても、クジラで泣いてはいけなかったのだ。

私がケンブリッジに行くために十八歳でコロンボを出る前、母は私が食べなければならない味気ないイングランドの食事について気をもみ、私にダール豆の調理の仕方を教えようとした。でも私は玉ねぎに緊張した。三歳のときからずっとそうだ。叔母たちが——おそらく私が彼女たちの午後の昼寝を邪魔したという理由で——私を祖母の家の玉ねぎ部屋に閉じ込めたのだ。その翳った部屋には、小さな赤い玉ねぎが溢れるように入った、小枝を編んだバスケットが散らばっていた。その日から私は玉ねぎを触ったり生で食べたりできなくなった——家のどこかに玉ねぎの皮が落ちていたら誰かを呼んで片付けてもらった。玉ねぎ以外には、大学に行くにあたって心配なことは何もなかった。スリランカを出るのは初めてだったし、家族と離れて暮らしたこともなく、四歳のときから通った女子校の友だち全員と離れることになった。それでも私は動じていなかった。その頃大切だったこと——勉強すること、友だちをつくること、男子とふざけること——は、私にはたやすく、私は不安はなく元気だった。でも祖母のアッタは心配した。毎晩、使用人にジャスミンの花を摘ませては傷をつけたと怒り、それからオイルランプを灯して傷ついた花を石の仏像に捧げ、私がアリ・ワンデュラ——「白子の猿」、つまり白人——と結婚しないように祈った。

一九八一年、ケンブリッジでの最初の冬、あまりにたくさん雪が降って私の自信は砕けた。私はハンティンドン・ロードが凍ってぐしゃぐしゃになってしまったところをうんざりして見つめた。講義に行くのに、あの上を三キロも自転車で走らなくちゃならないわけ？　私の新しい友人たちは辛抱強かった。私がよろよろと進むあいだ、彼らの自転車が私の両脇と前後を守った。ガートン・カレッジで経済学を学ぶ私たちはすぐに強い結びつきを持つグループになり、起きている時間のほとんどをいっしょに過ごし、群れで動いた。私が最初にデイビッドとアランに会ったとき、彼らは、ケンブリッジに来ているのは「卓越、卓越、卓越」を目指すためだと力説したが、数か月後には、デイビッドは私とラジオ1の「アワ・チューン」を聴くために講義をさぼっていた。私たちの一学年上だったレスターは、正餐（フォーマル・ホール）（カレッジごとに行われる正装のディナー）のときに、イーストロンドン出身だということを隠そうと、ときどき自分がナイジェリアの王子だというふりをして、失敗していた。クライブはギャップイヤー（高校卒業から大学入学までの一年間の遊学制度）をとり、バイオリンを持ってメキシコへ大道芸をしに行っていて、私たちみんなを感心させた。シンガポールから来ていたソクと私が外国人だった。彼女は私よりも自転車がうまかっただけでなく、パンクの化粧をしてゴスの衣装を着ていた。私は叔母にもらった明るい青のミシュランマンのようなジャケットを着ていた。

　最初の年、私には学ぶことがたくさんあった。ケインズ学派のマネタリズムへの批判を理解するのは比較的簡単な方だった。それよりも初めて見るモンティ・パイソン映画、「ライフ・オブ・ブライアン」に苦しんだ。冗談が半分もわからなかった。デイビッドが好んでいるというだけでザ・クラッシュが好きだと自分に言い聞かせて「コンバット・ロック」を買った。私と友人たちは手ほどきを受けたばかりの左翼政治に酔っていて、資本主義の危機について寝る間も惜しんで議論した。失業率が高い中で公共投資を引き下げるサッチャー主義の政策に抗議するため、ケンブリッジユニオンで水玉模様のズボンをはいた若い男の隣りに座ってサー・ジェフリー・ハウ（サッチャー政権下で閣僚を歴任した保守党政治家）に卵を投げた。

ケンブリッジで一年が経って、スティーブが現れた。彼もガートン・カレッジに経済学を学びに来たのだった。

「ここではよく雨が降る？」というのがスティーブが初めて私に言ったことだ。ただし彼は「レイン」ではなく「ライン」と発音し、私は（何？）と思いながら彼を眺めていた。彼は背が高くて痩せた十八歳で、木製のトレイを持ち、昼食の列で私のうしろに並んでいた。私の無表情に対して、自分の質問を、今度は頬を赤らめて繰り返した。彼がなんと言っているのかわかったときにも、私は（何？）と思った。そしてつまらなそうに返事をし、もう少し面白い会話を期待して、彼の隣りのクリクリした髪の男――ケヴィンと名乗ってくれた――の方を向いた。スティーブはあとになって、そのとき、この偉そうな嫌な女、と思ったと話した。

　スティーブとケヴィンはお互いに頼り合いながらケンブリッジを切り抜けていた。ふたりの労働者階級の男の子たち、イーストロンドンから来たスティーブとエセックスのバジルドンから来たケヴィンには、ここは未経験の地だった。カレッジの女性の校長に会うシェリーレセプションでケヴィンが彼女に「自分と自分の友だち（Me and me friend）は……」と言ったのでスティーブが肘鉄したときにはすでに遅く、彼女は「おっしゃりたいのは、私の友だちと私（my friend and I）でしょう」と訂正した。ケヴはスティーブが、経済学史の教授が個別指導のときに出してくれた緑茶からお茶の葉をつまみ出して食べようとするのを止めようとした――「おい、おまえ、それはちがう、だめだ」あの頃スティーブは緑のボンバージャケット、ドクター・マーチンのブーツ、そしてウェストハムのサッカーチームのスカーフをしていた。この都会のツワモノ的スタイルは、彼の祖母がそのスカーフに五歳の子供にするように「スティーブン」と刺繍していたことでたちまち崩れた。

このふたりはすぐに私たちのグループのお笑いのポジションを取った。彼らは自分たちの育った街の人々のキャラクターを激しく誇張したものまねで私たちを喜ばせ、地元ではそんなことをしたらぼこぼこにされても、ここケンブリッジでは大丈夫だということを知っていて楽しんでいた。彼らが演じたのは、近所の人からテレビを盗んで、その近所の人がしょっちゅう家におしゃべりに来たりする（それにきっとテレビで「クライムウォッチＵＫ」を見に来たりもする）にもかかわらず、自分の居間にそのテレビを飾った泥棒。それから、「お前、俺にガンつけるのか、それともレンガ齧（かじ）りたいのか」と言いながら通りを歩き、目が合うと怒り出す「タフな奴ら」。それから犯罪の世界で大物になりたいという野心を持った者たち――銀行強盗志望者やベアナックルで戦うやつら、法を犯していようが友だちを売らないことを信条としている者たち。私は初めてコックニーの韻をふむスラングを聞き、tea leaf が thief、butcher's hook が look、そして trouble and strife がもちろん wife という意味だと学んだ。

スティーブとケヴィンは毎晩酔っ払っていて、吐瀉物がトリニティブリッジから放物線を描いたり、開けるのが間に合わなかった窓から滴ったりしていた。私は距離をおいていた。「これはこれは、姫君」と彼らは私をからかった。「見ろよ。ムッとしてるぜ。俺たちを鼻であしらってるぜ」まだ大人になりきっていない下品な男の子ふたり、と私は思った。

だから毎朝私が、透ける白いクルタを着て、下着をつけないで、私たちが共用していた廊下をぶらぶらしていたのは、彼の興味を引こうとしていたのではなかった——起きたばかりでトイレに行こうとしていたのだ。でもこれが彼に、『ジョン・キーツ全詩』を持って私の寝室に来てそれを朗読しようという気を起こさせた。彼がその前の夏、父親のトラックでヨーロッパ横断の旅をしたときに持って行ったその本には、黒い油の染みがついていた。彼は自分がキーツの「レイミア」をミラノの倉庫で木枠に座って読んだこと、蛇のレイミアが身もだえして泡を吹きながら女性に変身するところ——「彼女の妖精の血は狂ったように流れ」——に夢中で、トラックの騒音さえも気にならなかったことを話した。そして私に、「レイミア」から、「彼女の三日月模様を覆い隠し、星を舐めとった」という行を何度か読んだ。もうちょっとさりげなくてもいいんじゃない、と私は思った。

でも彼は額にかかるつやつやした黒い髪と、とても特徴のあるつり上がった黒い目と、尖った顎をしていた。素敵。だから私は、時折の、ケヴィンや他の友人たちのいないふたりだけの時間を楽しんだ。私たちは、獣医学科が変わった形の頭をした変な雄牛を飼っている野原の横の未舗装の小道で、長い散歩をした。それから夕暮れのセントジョン競技場を抜けて歩いた。イングランドの秋の午後、陽の光がこんなに早くなくなってしまうことに私はまだ慣れていなかった。焼きたてのスコーンが供される時間には、大学図書館の食堂に急いだ。私はその年に学ばなければならない経済学に退屈していて、スラッファの価値論に取り組むことを喜んで諦め、北棟の書棚でスティーブと時間を潰し、英国植民地で行われていたパーティゲームの冊子や、クレイ兄弟のようなイーストエンドの犯罪者の本を読んだ。スティーブは、ホワイトチャペルの自分の家からそう遠くないところに、クレイ兄弟が誰かを撃ったブラインド・ベガー・パブがあったと話した。

スティーブは彼の家族や、自分の子供時代や、彼の知っているロンドンについての話をたくさん持っていた。彼はイーストロンドンの外縁のマナー・パークで育っていて、地元ではそれは「マナーで育つ」と呼ばれていた。そこで彼は弟のマークと、夜遅くまで街灯の下でサッカーをした。友だちと近くの製菓工場の外をうろつき、中で出来上がっている甘いものを想像した。テムズ川のちっぽけな支流であるローディング川の下水処理場の近くに自生していたトマトを食べて、顔に発疹を起こした。ある日、スティーブの父親が、そこらじゅうの街角でぶらぶらしてばかりいるのを見たら膝を砕くぞ、と言った。スティーブは父親がそんなことはしないと知りながらも、その脅しに感謝した。友人たちがまたしても彼を呼び出して、通りの角の社交クラブの壁に牛乳瓶を叩きつけようと誘ってくるのを断り、うちにいて宿題をする口実になったからだ。

「うーん、今晩はやめとくぜ、親父に殺されちまうから」

彼の父親は長く家に不在だったので、母親のパムがスティーブと彼の弟とふたりの姉をほとんどひとりで育てることになった。彼女はそれを朗らかに、とても饒舌に行った。スティーブが小さいとき、ふたりでコインランドリーで家族の洗濯物をたたみながら、パムはそこにいる全員にスティーブの耳が突き出していることを嘆いて聞かせ、彼にどこまでも恥ずかしい思いをさせた。パムの日常生活はイーストロンドンの近所に限定されていたけれども、彼女は世界の出来事や政治に強い好奇心を持っていた。そして子供たちの中で誰よりも彼女の興味に注意を払っていたのはスティーブだった。ティーンエージャーのとき、スティーブはソファで母親の膝に頭を乗せて夜の長い時間を過ごし、フランス議会の仕組みを評価したりスペインの民主主義への移行を説明して聞かせたりした。母親がもうひとつ大好きだったのはロマンス小説で——一晩に一冊読んでいた——スティーブと姉のジェーンはグリーンストリートマーケットの屋台でペーパーバックの古本をダース単位で買ってくるように言われた。

ふたりは土曜日にアプトン・パークへウェストハムの試合を見に行く途中でマーケットに立ち寄った。スティーブは七歳くらいだったので、五歳年上のジェーンが彼をサッカーの試合に連れて行った。試合のあとでふたりはスタジアムの近くの、テイクアウトの中華料理店の上のゴミだらけのアパートに住んでいる祖母を訪ねた。彼女はいつもスティーブに、彼の頭がいいのは「ラングーンでいちばん賢かった」自分の姉に似たからだと言った。彼の祖母の父親はラングーンで食肉処理場の監督官をやっていて、彼女はテニスをしたりガーデンパーティに行ったりして毎日を過ごしていた。

彼のディテールに私は惹かれた。彼は優しくておもしろい物語をたくさん持っていた。私の子供の頃の話はそれに比べると貧弱な気がした。私は彼に、五歳のときに「マイ・フェア・レディ」を見に初めて映画館に行った話をした。イライザのために熱い湯気の出るお風呂が用意されているところで私が泣き叫んだので、両親は途中で私を家に連れ帰らなければならなかった。その頃スリランカには冷たいシャワーしかなかったので、彼女が生きたまま茹でられるのかと思ったのだ。それは週に一度、母が昼寝をしていて私が外で遊んでいるときに、長い竹馬に乗って通りを歩いてくる人よりも私を動揺させた。

あの、初めて会った時の、雨についての神経質な会話に反して、スティーブには自分を深く信じる心があることに私はすぐに気づいた。彼は平静で、心穏やかだった。試験があったりレポートを書かなければならなかったりするとき、彼は驚くほど集中した。熱心に取り組み、ばかみたいに長い読書リストから何が大切かを素早く効率よく特定した。図書館の写本室の静けさの中で彼が情報カードに鉛筆で走り書きしたメモは、いつも正確だった。

スティーブは学力レベルが悲惨な中等学校からケンブリッジに来ていた。十六歳のとき、彼の仲間の何人かはヒトラーを「Irla」と綴っていた。学校が終わる時間には、外の通りに機動隊のバンが並んだ。学校をサボった生徒の集団が、教室を壊して一日を過ごした他の生徒たちと喧嘩するために校門前にやって来た。同じ学校に通っていた私たちの友人のレスター以外には誰も大学に行かず、何人かは刑務所に入った。スティーブがケンブリッジに行くと聞いて、古参の不良のひとりはそれをどこかの少年院だと思い、「それどこだよ？　そこはメシはどうなんだ？」と言った。

スティーブは自分の中等学校の騒乱について、いつものんびり構えていた。それは自分に有利に働くことさえあった、と私に語った。なぜなら彼は、実際に何かを教えることができる稀な生徒として先生たちの注目を一身に集めていたのだ。そして彼はよく伸びた。問題児たちも彼を放っておいた。彼はバスケットボールチームに入っていたので彼らの尊敬を集めていた。また何人かの白人の同輩は「自分たちのひとり」が秀でていることを喜んでいた。「パキたちに見せてやれよ」と、その学校で成績の面で何かを成し遂げるのはアジア人ばかりだと思っていた彼らは言った。一九七〇年代から八〇年代初めの頃のことで、貧しい地域の若者のあいだでは白人優位の考えが広く行き渡っていたときだった。自分の周囲の偏見や憎しみから感じる苦悩をスティーブは詩作に注ぎ込んだ。不安なティーンエージャーが、堕落した都会の魂を詠う詩だ。

ケンブリッジでの日曜日の午後、私たちふたりはサザンカンフォートの瓶を片手に牧場か果樹園に勉強に行くことがあった。私にはイギリスの田園地方はまだ魅力がなく、私たちに向かってくる野生のゾウがいなくてつまらない、と文句を言った。スティーブは、私と違って自分はどんな風景にでも魅力を感じられると宣言した。彼は、ロムフォード・ロードの新聞販売店、パテルに雇われて毎朝自転車で新聞を配りながら、早朝の太陽の輝きが公営住宅の赤レンガに当たっている様子に浸ったことを語った。

私たちのグループは、一学期に何回か、ケンブリッジからロンドンまでヒッチハイクをした。大英図書館の閲覧室に行き、カール・マルクスに敬意を払ってハイゲート墓地に行った。友人のソクが、ウォーダー街のカイ・キーという店の、広東風ローストダックとライスを教えてくれた。これらの旅の最中に、大英博物館にあるスリランカ製の女神タラの銅像へのスティーブの執着に火がついた。別のとき、ある十二月の午後には、彼が六歳のときにアクションマンを埋めたところを探そうとして、私とソクに彼の家の近所を何時間も歩かせた。寒くて退屈で――あの輝く赤レンガについて彼が言っていたでたらめは何だったんだろう――私はふくれっ面をしていた。

でもその次の朝、スティーブが私の部屋に来てベッドに座ったとき、私は彼に手を伸ばした。彼にまたもう一度キーツを読む手間を省かせてあげるために。彼はもちろんとても意気込んでいて、優しく張り詰めていて、でも少しすると「一分で戻る」と言って出て行った。私はあとから、この中断が、彼がケヴィンの部屋まで走って行ってドアを叩き「俺、ソナルにキスしてやったぜ」と自慢して友だちの反応を楽しむためだったと知った。ケヴは彼を床に投げ倒した。「このラッキーなやつ！　幸運な阿呆！」もしもあのとき、キスをめぐるこの馬鹿騒ぎを知っていたら、あの寒い十二月の朝に彼をもう一度部屋に入れることは決してなかっただろう。でも彼は跳ね返るようにして戻ってきた。そしてかなり長い時間、そこにいた。

9

二〇一一年、マイアミ

私は自分から語る方ではない。だからモヒートが私に告白させるのかもしれない。夕食に二杯飲んだ。いや、三杯だったと思う。晴れた夜で、海は静かだった。暗い中でもペリカンが飛び込むのが見えた。

息子たちの誕生日がやってくるこの時期は、とても危ない。近づいてくると私は不安になる。この六年間、この時期を私は友人と過ごしてきた。私たちは新しい風景を旅し、そのいくつかは広大で荒々しく、私の心の乱れに反響し、またいくつかは少しだけ私の気を紛らせた。アイスランドの氷河の上の吹雪があり、スコットランドの寂しい入り江で私たちの車を揺らせた嵐があった。マサチューセッツ州のバークシャーでは泳いでいて水草が絡まり、マドリッドではバーを探し回った。

さて、今回はちがう。二日前がヴィクラムの誕生日で、私はまた旅をした。しかも、ひとりで。知らない景色にこの日を耐える手助けをして欲しいと思っていた。それに、興味もあった。私にこの時間をひとりで過ごす勇気があるだろうか？　ニューヨークからマイアミに来たとき、私は自分に、そんなに遠くない、ひどい状態になったらいつでも戻ればいい、と言い聞かせた。二日前に、ヴィクは十四歳になっているはずだった。十四歳。

自分が感じている軽さを、初めは信用できなかった。マイアミだからだ、私をとりまくこの陽気さに興奮しているんだ、うまくいっていないことは何もないと感じるように騙されている、と考えた。そうでなければ、どうしてこんなにくつろいでいられるというのだろう？　それでも私の気楽さは消えなかった。私は毎日、早朝の日差しの中でビーチを歩いた。風が荒れていて、爽やかで新鮮な気持ちになった。何度も何度も海に入り、塩が腕を刺すのに任せた。昨夜は土砂降りになり、誰もいないプールで春の雨に顔を打たれながら泳いだ。私は水の中で穏やかな気持ちだった。そして、自分がいまそなえているとは思わなかった明るさを、自分の中に見つけた。

これは発見だった。こういう日、誕生日や、あの波の周年記念日、私はひとりでいたい。ひとりでいると、私は彼らと近い。邪魔されることなく、私はかつての私たちの生活にするっと入り込む。または彼らが私の生活に入り込んでくる。

このホテルの若いバーテンダーは学生だ。私がロンドンの学者で、いまはコロンビア大にいると言うと、たくさん質問をしてくる。私はアドバイスできるところはするが、短く切り上げる。

私は知らない人との会話が長くなりすぎると警戒する——家族に関する質問が出てくるかもしれないからだ。毎晩、若い男は私に三杯目の素晴らしいモヒートを作りながら「教授先生の春休み」と言う。ああ、君がほんとうのことを知っていたらねえ、と私は思う。

私の物語は、私にさえまだ突拍子がなく思える。全員が一瞬でいなくなり、私は泥から回転しながら出てくるって、何、何かの神話？　いまでも私は「全員死んだ」という言葉を口にすることができない。だから家族のことは曖昧にするのがやっとだ。ときには嘘をついて、困った立場に追いやられる。ニューヨークの同じ建物に住む隣人が、コロンボから帰ってきたばかりの私に「ご両親はお元気？」と尋ねるのは、私が以前、両親はスリランカに住んでいるのかと聞かれて、ぼそぼそとそうだと答えたからだった。

ローゼンバウムさんたちは私の両親と同じくらいの歳に見えて、私の両親がきっとそうしたようにディナーのためにすっきりと装っていて、たぶんだから私は彼らとおしゃべりを始めたのだと思う。彼らもここ、マイアミのスタンダードホテルに、週末を過ごしに来ている。私は彼がこんにちはと言ってきたときに、「ここはいいところですよね？」というような当たり障りのないことを言ったのだ。彼はすぐに「うーん、それはどうかな」と答えた。「私は自分が場違いな気がしますよ」私は失礼にならないようにしただけなのに、ただ立ち去ることができなくなってしまった。

話を聞くと、このホテルが四十年前は、いまとはずいぶん違っていたことがわかった。その頃、彼の両親はたくさんのユダヤ人退職者の友人たちといっしょにひと冬をずっとここで過ごしていた。彼と妻は今日、その思い出のためにやってきていた。そしてふたりの結婚記念日を祝うために。でも期待していたのは、こんな、ほとんど何も着ていない若者でいっぱいのブティックホテルではなかった。彼は若者たちの中で、とても落ち着かないらしい。その歳にもなって？

一時間以上も経って、私たちはまだ会話をしている。「それからもうひとつ、」と彼は、私が立ち上がって帰ろうとするたびに言い、彼の妻が申し訳なさそうに私に微笑む。「彼女はお部屋に行きたいんだと思うわよ、あなた」と何度も言うが、彼は気にしない。彼は興味を持っている。そんなふうにひとりで旅をするのはどんな気分なんですか？　私は、問題ないと答える。彼は私の意見を執拗に聞きたがる。ロンドンから来ているんですよね、ターナーは彼の人生をずっとテムズ川の近くに住んで川辺を歩いて過ごしたのでしょうか？　経済学者としてこの大不況をどう思いますか？　景気刺激策については？　ユーロは？　ユダヤ人の経済的成功をあなたならどう説明しますか？　そして彼は私のすべての返事に、長々と異議を唱える。

私は親しみを感じる。慣れてもいる。スリランカに彼のような、人と反対の意見ばかり言う人をたくさん知っている。それは叔父や友人の父親たち、不平を吐いてもチャーミングな人たちだ。あなたはなんて明るくて聡明な若い女性なんだ、と彼は繰り返し言う（若くありませんと念を押しても、彼は無視する）。彼は会話をあまりに楽しんでいて私をよく知っている気持ちになり、連絡を取り合うことを約束させる。ちょっと寒くなってきました、おやすみなさい、と私は再び言おうとする。彼は私の両頬にキスをして、「最近の若い男たちは何をやっているんだ、あなたのような魅力的な若い女性は独身でいるべきじゃない」と言う。私は返事をしない。彼は何かうっかりしたことを言ってしまったと思ったらしい。「あ、ああ、結婚していたことはあるの?」と尋ねる。いつもだったら私は、いいえ、と言って立ち去っていただろう。

でもお酒が私をリラックスさせている。私は新しい余裕を獲得していて、それが私を正直にさせ、「はい」と言う。「あなたの夫はイングランド人だったの?」「そうです」「ああ、それが問題だったんだよ、わかるかい。すてきなユダヤ人の男と結婚していればこんなことにはならなかったんだ」私はちょっと戸惑って、それから理解する。「こんなこと」というのは私がイングランド人のろくでなしに捨てられたという意味だ。

ちょっと待て。私はほんとうに自分から語る方ではない。でも私はスティーブを弁護しなければならない。「彼がユダヤ人じゃなかったからではないんです」と私は考えないで口走る。「彼がいい死んだからなんです」いまなんて言ったんだろう? 私は自分の言葉に唖然とする。死んだ? 私の新しい友人は、かわいそうに、ほんとうに申し訳なさそうな顔をする。でも彼は半分も知らないのだ。

二〇一二年六月二十二日、ニューヨーク

私は常にこの生活とあの生活のあいだでつまずいている。七年が経っていても、いまでもまだ。アパートの上の階から走るような足音がするだけでいい。私は一気にロンドンの私たちの家へと連れていかれる。私はそれが二階でまた喧嘩している息子たちだと思う。「やめなさい」と大声を出しそうになる。「やめようとしてるんだよ、ママ」とヴィクが私をからかい、弟の頭めがけてボールの狙いをつけている。そして私は彼らを失ったことを認めなければならない。私はニューヨークにいるのだ。

でもからかい合う私たちの会話が私の中で弱まらない。これは、突然のささやきや断片的な音だけが聞こえた、あの波のあとの初めの数か月とはかなり異なっている。彼らの声は時を経て薄れていくのではなく、二倍の強さになっている。彼らがぺちゃくちゃしゃべる声は終わることなく私の思考と戯れる。そして私はそれに支えられ、元気づけられる。私はよく、私ではなくスティーブの言葉を発しているように思う。少なくとも、それが私の言い訳になっている。

かつてはそれが私をはっとさせた。彼らが私の元にいないことや、ここニューヨークにひとり

でいることを、突然意識すること。気がつくと、ウェストヴィレッジの、私のアパートがある建物の外に立ち、激しく喘いでいた。私がここにいるのは、彼らがいないから？　あのときは彼らの不在も、彼らの現実性もが、揺らいで疑わしいときだった。いまはちがう。私は彼らがいないことが真実だとわかっている。理解し難い真実だけれども、たぶん私はそれに以前よりも慣れたのだと思う。

ニューヨークは私に、家族に向かって手を伸ばすための距離を与えてくれた。ここから私はロンドンとコロンボへ行ったり来たり旅して、私たちを再発見する。そして私は、あまりにも身近なもの——牛乳配達やセインズベリーのワインガムの包み紙やカムデンタウン——と常に衝突することの恐れから解放されて、私の発見を自分の中に取り込むことができる。この街に初めて来たとき、ドイヤーズ・ストリートの、遥か昔から現れ出たような床屋が静かに並ぶところをさまよい歩いた。そして私の心は少しずつほどけて、私たちの姿の断片を受け入れた。

昨日の夕方、私はいつものように、夕日が沈む頃ハドソン川に沿ってダウンタウンを歩いた。ピア46のボードウォークで立ち止まってオレンジの光を見た。頭の上ではヒステリックなカモメたちが群れて天幕をつくっている。鳥たちは回転したり方向を変えたりして飛びまわり、興奮が収まることはないように見えた。私はそこに立って、別の風景に入り込み、別の川を見ることができた。私たち四人は土曜日の午後、テムズ川沿いのバトラーズ・ウォーフにいる。息子たちはタワーブリッジがいまにも開くのではないかと思って霧雨の中でぐずぐずしていて、私はいらいらして彼らを追い立てている。私には聞こえる。息子たちが抗議する声の和音。スティーブがすべてのお楽しみを潰す役は私にさせておいた方がずっといいと考えて、敢えて選んでいる沈黙。いま、以前よりもずっと、私は私たちのことを覗き込みながら、バランスを保っていられる。そしてそのことを歓迎する。小さな勝利だ。私はうれしくなる。

でももちろん、この均衡が揺らぐこともある。今朝私は、ウェストヴィレッジのセントルーク庭園のベンチでコーヒーを啜っていた。初夏の日差しが紫陽花とジギタリスを泡のように覆っている。ここはとてもすてきな英国式庭園だ。私は指に死んだ昆虫の痕跡があることに気づく。あの、空中を漂っていて振り払うとシミのように手に残る小さいダニだ。それが私を、暖かい月にはその小さい虫でいっぱいだったロンドンの私たちの庭へ、一瞬で移動させる。そして私には日曜日の朝、朝食のあとパティオでのんびりしている私たちが見える。私はスティーブに首のマッサージをせがむ。十五歳になったヴィクの低くなった声がする。そして私が失っているものにおののく。

私はもうひとつの現実に浸っている。今日、こうなっていただろうという、私たちの生活。ここ何年も、その入ってはいけない場所に踏み込んでしまったときには、自分の予想を曖昧なものにしていた。でも最近になって、私たちがいまこうなっていただろうという細部が明快に、かなり正確に、訪れてきている。私の「いまの私たち」への気づきはあまりに生々しく、まるで私がたったいま私たちの生活から引き剝がされたようだ。

私にはありありと浮かぶ。彼らがいたらそうなっていた、私の世界。その裂け目、やかましさ、色、節目、臭い、ふたりの十代の少年たち。

これは危険だ。決して起こらないことへの私の覚醒。なんとかしてこれを抑えこみたい。七年が経って、彼らの不在は膨張した。この期間に私たちの生活がきっとそうなっていたのと同じように、大きく膨らんだ。だからこれは新しい悲しみだ、と私は考える。私はいまそうなっているだろう彼らを求めている。私は私たちの生活の中にいたい。七年経って、私の喪失は蒸留された。なぜなら私はもうぐるぐる回ってはいない。衝撃に抱かれてはいない。

そして私は恐れる。いまこの真実は私が抱えるには強すぎるのか？　もし近くに置いておけば、私はつまずくだろうか？　ときどきわからなくなる。

でも私は、彼らを近くに置いておくことでしか回復できないということを学んだ。彼らから、彼らの不在から、距離をとろうとすると、私はばらばらになってしまう。まちがえて見知らぬ人の生活に入り込んでしまったような気持ちのままになる。

私はまた、自分を見せないと分裂してしまう。私はよく、私のニューヨークでの生活は証人保護プログラムのようだと感じていた。呆然としていたときには、この隠蔽工作が必要だった。でもいまはちがう。私は、家族がいないこの世界を安定して渡って行くには、彼らと私との現実を私が認めなければならないのだとうすうす感じている。

なぜなら、ひとりである私は、彼らを失った私でもあるのだから。

そしてこの真実を抑えこむと、私は切り離され、漂い、自分のアイデンティティがぼんやりする。いま私は何者なのだろう?

昨夜は雷雨があり、庭園には生気があって、ベンチは濡れている。私には、湿った朝、ロンドンの我が家の芝の上で、マッリがタンポポを摘んで私の髪に挿すのが見える。

そしていま私は思い出す。マッリが私をどう説明し、定義したか。そして私がどう抵抗したか。「僕たちは男の子が三人と女の子がひとり、男の子が三人と女の子がひとり」パティオに敷かれた石の上をぴょんぴょん飛びながら、マッリは自分の家族を説明し、私たちの構成を分析した。それから私たちの名前を唱えた。自分のことを、いつも呼ばれるマッリではなく正式なニャールとさえ言った。「スティーブン・リッセンブルグ、ヴィクラム・リッセンブルグ、ニキール・リッセンブルグ、そしてマミー・リッセンブルグ」彼は落ち着き払って宣言した。

マミー・リッセンブルグ? 私は大げさに反対して叫んだ。私の新しい資格。三人の男の子たちのうしろにくっついているだけで、彼らがいなければアイデンティティのない私。「マッリ、どうして私の名前を両方ともまちがえるの? 他のみんなの名前は合ってるのに。それは私じゃないわ」

スティーブはもちろん私に関する息子の説明に喜んだ。そしてそれに便乗した。「賢い子だね、マル、そのとおり、完全に正しいよ。おまえは事実を話してるよね」「マミー・リッセンブルグ!」とマッリは歌った。そしてバカな三人の男の子たちは笑い転げた。いま私はニューヨークのこの庭園に座り、私たちの庭の芝生で大喜びで歓声を上げている彼らの声を聞いている。

謝辞

私の素晴らしいセラピストであるマーク・エプスタインに何よりも感謝を捧げます。彼の導きと説得がなければこの本は存在しませんでした。彼といることで私は安心し、理解しがたいことを把握しようと試み、思い出す勇気を持つことができたのです。

この本の断片をすべて読み、何年ものあいだ、もっと書くように言い続けてくれたラディーカ・クマルスワミー、サラ・ゴードン、マラーティ・ディ・アルウィス、そしてアムリタ・ピエリスに大きな感謝を。

この本に協力し、これを書く様々な段階で応援してくれたスウィーリとケン・バーレンドゥル、ビバリー・ウッド、ナオミ・コレット、アニータ・ギリゴーリアディス、マーガレット・ヘッドランド、ナターシャ・バーレンドゥル、ルヴァンティ・シヴァプラガーサム、キャロル・バーガー、ケヴィン・ブラウン、レスター・ハドソン、マリア・ハドソン、スィティ・ティルチェルヴァム、デイビッド・ブラウン、ケーシニ・ソイサ、リンダ・スポルディング、スキ・サンドラー、そしてソフィー・ウッドに感謝します。

マイケル・オンダーチェに深い感謝を。支持していただいたことは私にとってかけがえのないことでした。

私のエージェントのエレン・レヴァインにはほんとうに感謝しています。レニー・グッディングス、どうもありがとう。

クノップフ社のキャロル・デヴァイン・カーソン、ペイ・ロイ・コエイ、ガブリエル・ブルックス、そしてマクリーランド&スチュワート社のケンドラ・ワードとスコット・リチャードソンに感謝します。

ニューヨークのソニー・メータとダイアナ・コリアニーズ、トロントのエレン・セリグマンに特別なありがとうを。この本を世に出すために彼らがしてくれたことに、ほんとうに心を動かされました。私の版元であり編集者である彼らの心遣いと献身はすばらしく、いっしょに仕事ができてほんとうに光栄でした。

訳者あとがき

二〇〇四年の十二月、ロンドン在住の経済学者、ソナーリ・デラニヤガラはスリランカ南東の海岸沿いにあるヤーラ国立公園で、同業の夫とふたりの小さな息子と両親と一緒に休暇を過ごしていた。クリスマスの翌日、コロンボの両親の家に戻る日の朝、彼女は同じホテルに滞在していた友人のオルランタと立ち話をしていた。独身だったオルランタは「そろそろ私も家族を持ちたい、あなたたちが持ってるものは夢のようよ」と言った。その次に彼女が発した言葉は、「たいへん、海が入ってくる」だった。そしてその数分後、ソナーリは水の中にいた。スマトラ島沖地震による津波が押し寄せたのだ。

著者は当初、自分の書いたものが本になるとは考えていなかった。トラウマから立ち直れないまま二〇〇六年に移り住んだニューヨークで、信頼できるセラピストに勧められて自らの体験を書き始めた。まず初めに、水の中で起きたことを書いてみることにした。自分に何が起きたのかを理解するために。あまりにも唐突で突飛な体験を、まったく咀嚼することができていなかった。

そしてソナーリの、失われた生活を「見る」作業が少しずつ始まる。「見る」ことは、それが失われているという事実を認めることになるという恐怖に、彼女は動揺する。何年もかかって、コロンボの両親の家や、ヤーラで滞在していたホテル、ロンドンの家などを訪れながら、波の前と波のあと、平穏と動揺を、何度も何度も行き来する。

書くのはいつもグリニッチヴィレッジのアパートのベッドの隅。「繭のように丸まって、自分が書いているものしか見えないようにして、自分を家族といる場所に移動させていた」と彼女は出版当時のインタビューで語っている。そして少しずつ、細かな生活のディテールを思い出すことが怖くなくなってくる。子供たちと夫の声がはっきりと聞こえるようになる。書き始めた頃は「記憶が怖く、ディテールが怖かった」と彼女は語る。書くことで彼女は少しずつ家族のディテールをかき集め、自分の近くに持ってくることに成功する。そして彼女自身の時間も進み始める。家族と一緒に。

ソナーリは書いたものを親しい友人以外には見せていなかったが、セラピストの説得で三十ページほどを、同じスリランカ出身の作家マイケル・オンダーチェに送った。たまたまその一年前にオンダーチェに会っていて、夫のスティーブもオンダーチェの大ファンだった。オンダーチェからすぐに返事が来て、彼女は書いたものをすべて送ることになる。

出版当時、無名の作者によるこの本は驚きと感動をもって迎えられた。ニューヨーカー誌に掲載された、テジュ・コールの書評を引用してみたい。

デラニヤガラが自身に起きたことを書いたことは理解できる。しかし、なぜなんの関係もない、同じように傷ついてもいない人間がこれを読みたいと思うだろうか？　それでも、これは読まなければならない本だ。ここには重く、本質的な事実が書かれているからだ。（中略）ありえないようなこと、人間の経験の外縁からもたらされたようなことを目撃することで、私たちはある意味で自らの避けられない困難との闘いに、それがこれほどは大きくないものだとしても、備える力を得ることができる。（中略）家族の物語を正確にaccurately描くことで――ここで私はaccurateの語源がcura=care（心をかける）であることに惹かれる――彼女は自分の家族を、忘れられた、心をかけられない運命から救いだす。家族を失って、彼女は闇に突き落とされた。何が起きたかを書くことで彼らは、少しだけ、光の中に帰ってくる。

彼はその年の終わりに、ガーディアン紙の日曜版である「オブザーバー」において、この本を二〇一三年最高の一冊として挙げている。

ソナーリ・デラニヤガラは一九六四年、スリランカのコロンボ生まれ。父親は法律家。コロンボの女学校を出た後、イギリスに渡ってケンブリッジ大学で経済学を学び、その後オックスフォード大学で博士号を取得した。現在はロンドン大学アジア・アフリカ研究学院の教員、兼コロンビア大学国際公共政策大学院の研究員として、経済発展や災害復興について研究している。昨年

（二〇一八年）九月のインドネシア、スラウェシ島の地震と津波に際しては、自らの経験をふまえて被災者への支援を呼びかける文章をガーディアン紙に寄稿していた。ニューヨークとロンドンを行き来して暮らし、ヤーラへも度々訪れているようだ。夫のスティーブはケンブリッジ大の同じ専攻で一つ下の学年だった。ヴィクは今年で二十二歳、マッリは二十歳になるはずだった。

この本の中ではたくさんの種類の動物が歩き回り、鳥の鳴き声が満ち、花が咲き、木々が揺れている。美味しそうな食事があり、人々はたくましくてよく笑う。

訳しながら、スリランカに行ってみたいという気持ちが募り、昨年の春に訪れてみた。複雑なスパイスが香るカレーを食べながら、ソナーリの家のキッチンに流れていた香りを思い浮かべた。コロンボの運動場では子供たちが真剣な表情でクリケットをしていた。ヤーラ国立公園のサファリではゾウの親子に遭遇し、野鶏やインドトキコウを見た。津波が襲ったホテルの跡地はスリランカ海軍に接収されていて、残骸は放置されていた。残されたコンクリートの土台や床のタイルには砂や枯れ枝が積もり、周囲の草木も育って、当時の部屋の配置は分かりにくかった。ホテルの横の潟の大きな石から海を見ると、濃い青色がどこまでも平らに広がっていた。その日、シロハラウミワシは姿を見せなかったが、案内してくれた軍人が、ワシは毎朝来ていると教えてくれた。

二〇〇四年十二月二十六日のスマトラ島沖地震はスリランカ時間の午前六時五十八分に発生。

マグニチュード九・一。津波の第一波がスリランカに到達したのは約二時間半後だった。津波はインドネシア、タイ、インドなどの東南アジア全域、そしてアフリカ東岸にまで及び、二十三万人に上った死者と行方不明者の多くは津波の犠牲者だった。被害のあった国々の多くは津波の経験も備えもなかった。

ソナーリはこの手記を津波から八年後に書き上げている。それだけの時間が必要だった。ソナーリが一語一語を正確に選びながら、カンマを多用して、はやるように、つまずくように、今と「あのとき」、ここと「あそこ」を行き来している文章が翻訳で伝わっているだろうか。

二〇一一年を記したところでは、東日本大震災の津波がソナーリの物語と交錯する。日本語版の出版に当たって、著者に日本の津波を知ったときのことをもう少し聞かせてくれないかとお願いしてみると、こんな文章が届いた。

*

二〇一一年三月十一日、津波が日本に大きな被害をもたらしているというニュースを聞いた時、私はニューヨークからスリランカに戻っていました。私はテレビであの破壊的な波の映像を見ました。何度も何度も。目を離すことができなかった。それはもちろん恐ろしいものでしたが、私は波が防波堤を越えてくるところが見たかった。黒い水が町をまるごと壊していくところが見たかった。なぜなら私は、私の家族を殺した津波、私を激しく回転させた波について、理解する手がかりを求めていたのです。

二〇〇四年の十二月二十六日の朝、息子たちがクリスマスにもらったプレゼントで遊んでいる最中に、波が私たちを襲った時、私にはそれがなんなのかわからなかった。私たちに向かってきた海水の規模も力も知らなかった。「津波」という言葉を聞いたこともありませんでした。

だから私は二〇一一年三月十一日の日本の津波の映像を凝視して考えました。私たちに起きたことはこれだったんだ。私を押し流し、私の体を叩き付けていたのはこれだったんだ。

日本の被害の映像を見ることは恐ろしかった。けれど、それによって少しだけ、私自身の体験を現実のものと捉えることができるようになりました。私にとって、私の世界を奪った津波は何年もの間ずっと非現実的なものでしたし、今でもそうです。

日本で津波が起きた数日後、私はスリランカの南西の海で船に乗っていました。私たちの船はシロナガスクジラに囲まれていました。私は穏やかで平らな海を見つめ、この海がどんな風に変わることがあるのかを考えました。日本で数日前に、どんな風に変わったのかを。そしてその時、これから先、あまりに多くの日本の家族や個々の人々が向き合うことになる、苦しみや信じがたい思いや痛みに気づきました。

『波』を書くことは、家族を失ったことから生き延びる助けになりました。私の家族は一瞬で消えてしまい、私はほんとうに長い間、彼らが現実だったのか、そもそも存在したのだろうかと考えていました。私の喪失が、あまりに瞬間的な出来事だったことが、そう考えさせたのでしょう。書くことで私は思い出し、私の家族、私たちの生活のディテールを蘇らせることができました。家族を現実のものとし、近くに置くことができました。書くことを通して家族を蘇らせ、私は回復することができた。私の家族への愛がなくなる必要はないし、なくなることはないのだと、わかったのです。津波のような破壊的な出来事があってさえも、愛は続いていくのです。

*

最後になりましたが、不慣れな訳を丁寧にご確認いただいた新潮社校閲部のみなさまと出版部の田畑茂樹さん、これはぜひ出版したい、と決めてくださった新潮クレスト・ブックス編集長の須貝利恵子さん、きっかけをくださった松家仁之さんに感謝申しあげます。ほんとうにありがとうございました。

佐藤澄子

二〇一九年一月

Wave

Sonali Deraniyagala

波（なみ）

著 者
ソナーリ・デラニヤガラ
訳 者
佐藤澄子
発 行
2019年1月30日

発行者　佐藤隆信
発行所　株式会社新潮社
〒162-8711 東京都新宿区矢来町71
電話 編集部 03-3266-5411
読者係 03-3266-5111
https://www.shinchosha.co.jp

印刷所
株式会社精興社
製本所
大口製本印刷株式会社

乱丁・落丁本は、ご面倒ですが小社読者係宛お送り下さい。
送料小社負担にてお取替えいたします。
価格はカバーに表示してあります。

ISBN978-4-10-590156-1 C0398